大雅

为一种品格注脚

休斯系列

诗的锻造

休斯写作教学手册

[英] 特德·休斯 著
杨铁军 译

广西人民出版社

献给波琳·梅恩

约翰·爱德华·费歇尔*

* 波琳·梅恩（Pauline Mayne）和约翰·爱德华·费歇尔（John Edward Fisher）是休斯的小学老师，对休斯走上文学道路起到了重要的作用。

目　录

第二章　风与天气

第三章　写　人

第四章　学会思考

第五章　写　景

第六章　写小说：开头

引言

引　言

收集于此的文字，原本是我应 BBC（英国广播公司）校园台广播部的莫伊拉·杜兰小姐之请，给《听与写》栏目所写的广播稿。最后一部分《词语和经验》选自系列节目《宗教的当代语境》。除个别词句外，基本没有什么改动。不过，我在广播稿所引诗篇的基础上，补充了少量的诗，以及一些如何写诗的建议，这样，教师们可以将它当作现成的课堂材料使用，不必多费周章了。

这些节目的开篇第一章《捉小动物》背后的想法是这样的：作为一个自己也写诗的作家，我应该从实践者的角度谈如何写作，兼具一般性和个人的独特性，旨在激发我的听众——他们的年龄介于十到十四岁之间——发展出一种更有意识的写作。采取这样的角色谈论问题，我知道似嫌主观，有误导自己也误导听众的危险，所以，在后面的几章里，我尽量做到非个人化一些。即便如此，第一章的自传性的背景不免多多少少贯穿了全书，这说明了几个问题，其中包括我为什么把重点放在自己的诗作上，否则，过多谈论自己似是说不过去的了。

我分享的是我这一代人共同的理念，我的大部分说法，已经被贯彻在许多英文教师的课堂实践中了。这里讨论的几个简单的创造性写作的原则，都是我认为在某些方面特别有用的。我尽力保留了节目的原样，以呈现其中也许是最本质的东西，亦即语调和氛围，这就是我的基本前提。虽然这个前提不太常见，甚至可能是错的，但如果一个人能够结合实际灵活运用的话，应该是很有效果的。在这些节目里，我假设儿童潜在的自我表达的才能是无限的。这种假设，正如上文所述，很可能是错的；即使是对的，也没有任何教师能够安排一场精神危机，让本来普通的脑子，经过长期的刻苦训练变成天才。但是，如果能少一些限制，让学生充分发挥想象力，在他心中培养出自信和油然而生的写作动力的话，很有可能我们普通人的天赋会找到一些东西，哪怕是一点点，从而行诸文辞。

文中引用和所附的诗篇，目的是给有志于写作的孩子们一些样板，可以在忠实于自己的基础上比照学习。过去三年里，作为《每日镜报》儿童文学比赛的评委，我有很多机会确认或修订我对此事的看法。读弥尔顿和济慈[①]给孩子们听是一回事，让他们或允许他们以之为写作样板则是另外一回事。所有坏的写作——以及随之传染整个肌体的干腐病——都来自这样一种观念，即存在一种抽象层面上的理想风格，类似某种特殊的语言，人人都能习得。教英

① 弥尔顿（John Milton，1608—1674），杰出的英国诗人，代表作《失乐园》。济慈（John Keats，1795—1821），英国著名的浪漫主义诗人。

文写作的教师绝不应提倡这种建立在风尚和行话的基础上的把戏。他们不应说“怎样写”，而应说“怎样才能真实表达自己”，后者是获取自我认识或某种形式下的美德的基本条件。所以，我没有选那些超出学生理解范围的范例，即使它们很有名、力道十足或两者兼备。我内心曾纠结要不要选狄兰·托马斯[①]的《十月之诗》，因为它非常独特，写得也出色，看上去孩子们应该会感兴趣，但我最终没有采用，因为相对我的目的来说，它过于复杂了。我只选那些语言平易的诗，有着今人的说话方式，思想简单，或极其简化——有如说明性文字或者寓言。同时，这些作品里不可避免地蕴含了孩子不可能穷尽的艺术性、心理性和智力的复杂性。

这些谈话是面向孩子的，所选之诗也是面向孩子的，虽然如此，作为一个临时教师的笔记，也是面向教师的。此外，我扩充了第一章到第五章，专门为老师们添加了一些备注，方便教学。因此，本书可以作为课堂阅读材料，也可以当作教师参考手册使用，和广播节目一样，各有适用的对象。不管怎样，我希望这两种用途都能够名副其实。

① 狄兰·托马斯（Dylan Thomas，1914—1953），著名的英国诗人。

小盒子

小盒子第一次长牙
它有小小的长度
小小的宽度和小小的空虚
还有它全部的获取

小盒子在长大
以前壁橱在它外面
现在在它里面

它越长越大，越长越大
如今把房间包在里面
还包住了整幢房子、城市、土地
包住了以前容纳它的宇宙

小盒子回忆童年
由于过度的渴望
它重又变回一个小盒子

现在小盒子里放着
缩微版的整个宇宙
你很容易就能放入口袋

容易偷也容易丢

照顾好小盒子吧

瓦斯科·波帕[①]

① 瓦斯科·波帕（Vasco Popa，1922—1991），罗马尼亚血统的塞尔维亚诗人。

第一章 捉小动物

捉小动物，鸟啊鱼啊什么的，办法五花八门。十五岁之前，我大部分时间都花在尝试这些各不相同的花样上，随着兴趣慢慢消减，我开始写诗了。

你可能不觉得捉小动物和写诗之间有什么相同之处，但我越想越觉得两者是同一种兴趣。小时候打谷，我趁谷捆从架子上翻开、移走的当儿，抓底下暴露出的老鼠，将其塞入口袋，最多时有三四十只在我的外衣口袋里爬。我现在追求诗和以前捉老鼠，不过是一个爱好的不同阶段。我觉得诗在某种程度上仿佛一种动物，也拥有自己的生命。和动物一样，它们和人保持距离，甚至和作者也保持距离，写成后既不能增，也不能减，否则，分毫之差都会对其造成致命的损害。它们拥有某种智慧，知晓某些特别的、令我们好奇并探究的事。也许我真正关心的不是捉小动物或作诗本身，而是我生命之外的那些活生生的东西。不管怎样，我对动物产生兴趣之时就是自我意识的开始之日。我的记忆还能清晰回溯三岁那年，从店里买来铅制动物玩偶，放在火炉围栏的平板上，能绕围栏一整圈，一只只首尾相连，还有的相互交叠。

我有造型和绘画的才能，自从发现了橡皮泥，我的动物园便是无限的了。四岁时姑妈给我买了一本厚厚的绿皮动物书当生日礼物，我开始照着那些高光照片描画。动物的照片很好看，但我画的动物更好看，而且那完全是我自己的。我还清楚记得盯着自己的画作看时的那个兴奋劲儿，现在，我对诗也是类似的感觉。

我的动物园没有完全蜗居室内。那时我们住在西约克郡奔宁山的一个河谷。哥哥大我好几岁，但是比起其他人，他和我更臭味相投，他喜欢背着来复枪，悄悄在山坡上踅摸。他带我去，把我当猎犬差使，我跑来跑去，收他打下的喜鹊、猫头鹰、兔子、鼬鼠、老鼠、杓鹬。他打多少我都嫌不够。同时，我每天还在运河边用铁丝边的长柄网子捕鱼。

所有这一切都只是开始。我大约八岁时，我们搬去南约克郡的一个工业小镇。我家的猫讨厌那地方，跑到我楼上的房间里闷着，转悠一星期都不出门。我哥哥也不喜欢，就离家跑去猎场当看守。但那次搬家却是发生在我身上的最棒的事。我很快便在附近的乡下发现了一个满足我所有需求的农场，不久又发现了一个私人庄园，里面有森林和湖泊。

我的朋友们都是镇里的男孩，他们是矿工和铁路工人的儿子。我和他们玩，过的是一种生活，而大部分时间，我都活在乡下的个人世界里。我从未把两种生活混淆在一起，除了有限的一两次灾难是例外。那些年的日记我还保留了一些，里面除了记录我的捕猎物，别无所有。

最后，正如我上文所述，到了十五岁左右，我的生活变得比以前复杂，我对动物的态度也改变了。我责怪自己扰乱了它们的生活。知道吗，我开始从动物的角度出发来看待它们。

差不多就是这个时候，我开始写诗，但不是动物诗。直到好多年后，我才写出了可以称为动物诗的作品。又过了好几年，我才意识到，我写诗的行为可能在某方面延续了我早年的爱好。到现在，我已经不怀疑了。从一首新诗在你脑海里开始骚动，那种特别的兴奋、入迷、下意识的专注，到诗的轮廓、质感、色彩逐渐浮现，一直到某种简练形式的最后固定，在普遍的枯索寂灭中透出一些勃勃生机，所有这些，熟悉到令人无法错认。这就是捕猎，诗不过是一个新的物种、新的标本，在你的生命之外。

说到这儿，我已经很简略地讲述了我写诗的兴趣的由来和演变。虽然大大简化了，但整体就是这样了。有些地方你可能会觉得不太理解。比如，为什么一首描写雨中散步的诗看起来会像一种动物？好吧，或许只是因为，它不可能长得像长颈鹿、鸸鹋、章鱼，或马戏团里的动物。更好的办法是，把它看作一堆活生生的零件，被一个灵魂所统摄、推动。这些活生生的零件是文字、意象、节奏。灵魂是它们统摄为一体的住在里面的生命。要断定哪一个优先，零件还是灵魂，是不可能的。不过，如果任何一个零件是死的——任何一个文字、意象、韵律在你阅读时半死不活——那么这个生物将是残缺的，它的灵魂将是病态的。因此，作为诗人，你必须保证所控制的所有零件，那些文字、节奏和意象是活生生的。困难就在于此，但规则说起来是很简单的。活的词语是我们听到的 click（咔嗒响）、chuckle（咯咯笑），是我们看见的 freckled（斑斑点点的）、veined（有脉管纹路的），是我们尝到的 vinegar（醋）、sugar（糖），是我们触到的 prickle（刺痒）、oily（黏糊糊），是我们嗅到的 tar（柏油）、onion（洋葱）。是作用于这五种感官的词语，或者，是自己会动的、鼓起肌肉的词语，比如 flick（轻扣）、balance（平衡）。

但事情很快就变得更困难了。"咔嗒"不只给你一个声音，也让你联想到一个突然的动作，仿佛你说"咔嗒"的时候舌头清脆的连击，甚或还有一种又轻又薄的感觉，仿佛咔嚓断掉的树枝。重物是不会发出咔嗒声的，可弯可折的软物也不会。同样，柏油不只味道浓烈，摸起来也是黏糊糊的，稠糊到令人窒息。在柔软的状态下它还会动，如一条黑蛇，有美丽的黑色光泽。大部分的词语都是这样，它们同时属于许多感官，好像每一个都有眼睛、耳朵、舌头、手指和可动的身体。词语里面的这个小妖精，才是活生生的生命，才是诗，诗人必须把这个小妖精置于控制之下。

那你会说，这是不可能的。要怎样才能控制所有那些东西啊?！话语都是一涌而出的，要怎样才能确定，feather（羽毛）的旁义没有被下文几个字之遥的 treacle（糖浆）的旁义之一给粘住[①]。不好的诗就是这样，字词之间互相抵消。幸运的是，你只要做到一件事，就不会有这些麻烦了。

那就是想象你在写的东西，看它，体验它，不要把它当作在思考的数学题而绞尽脑汁。仅仅是看它，摸它，嗅它，听它，把自己变成它。这样，词语才会像魔法一样活起来。这样，你就不必管逗号啦句号啦诸如此类的东西。你也不用看那些词。你用眼睛、耳朵、鼻子，味觉、触觉，整个身体倾注在那个即将形诸文字的东西上。你一畏缩，一不专注，开始打量词语，担心词语，这种焦虑便和词语的力量互相抵消了。所以要尽力一直往前，不要停下，直到最后才回顾你的写作，看看都写了些什么。经过一些练习之后，告诉自己别在乎其他人怎么写，你就是这样写的，告诉自己抓住写作当下脑海里冒出来的词，只要当时看起来是对的，哪怕是老掉牙的，最后，你都会感到惊喜的。回去重读一遍你写的东西，肯定会感到震撼的。你掌握了一个灵魂，一个生物。

说了这么多，现在应该给你一些例子了，让你看看我最近获得的标本。

---

① 羽毛是轻盈的，它的旁义自然都是和这个特质相关的，而糖浆是黏稠的，其旁义自然都是黏糊糊一类的。因此，这两个词的含义是互相抵消的。用了“羽毛”这个词，诗的气氛应该是轻盈飘举的，而几个字之隔，就跟了一个黏糊糊的糖浆，那么也就飘不起来了。此即作者对词语失去控制的表现。

狐狸这种动物我从来没有养活过。对此我一直很沮丧：有两次是农夫趁我不备，杀了我捉来的狐狸幼崽，有一次是养鸡人在他的狗面前，把我的幼崽放了。多年后的一天深夜，下着大雪，在伦敦一个阴郁的住所，我一年多没写了，但是那晚忽然有了写东西的想法，几分钟后我写了下面这首诗——我的第一首“动物诗”：《思想里的狐狸》。

思想里的狐狸

我想象这午夜的森林：
除了那只钟表的孤独，
以及手指划过的空白页，
还另有一个活着的物，

我看到窗外星星全无：
某种距离更近的东西
虽然没于黑暗之中更深，
正在进入这孤独：

一只狐狸，冰冷的鼻子
轻压枝叶，暗雪般细微；
双眼眨动勾勒出它的动作，
一次，两次，三次，最后

在树木之间的雪地上印出
整洁的爪印，它的瘸腿之影
小心翼翼，在树墩旁暂驻，
体内空空，穿过林间草地，

大胆来到此地，一只眼睛，
一只圆睁的、渐次变深的绿
闪耀着光芒，那么的专注，
做它自己正在做着的事情，

突然，它释放一股强烈的
狐狸热臭，冲入大脑的黑洞。
窗外依旧星星全无；钟表
滴答作响，白纸印满痕迹。

这首诗没有什么可以轻易归纳为意义的东西。很明显，它讲的是一只狐狸，但此狐狸既是狐狸，又非狐狸。什么样的狐狸能直接走进我的脑子里——也许现在还待在里面——笑对一直吠叫的狗呢？它是一只狐狸，也是一个幽灵。它是一只真正的狐狸；当我读这首诗的时候，我看到它在动，我看到它在雪地留下的脚印，我看到它的影子越过凌乱的雪。词语让我看到这一切，它越来越近。对我来说，它异常真切。词语给了它一个身体，给了它行走的空间。

如果在写这首诗的时候，我找到了更鲜活的词，可以更鲜活地呈现它的移动、抽搐、耳朵的竖立、垂吊的舌头的微颤、呼吸的小云雾、在寒冷里暴露的牙齿、轮流抬起脚爪时纷落的雪片，如果我能找到这些词语，那么这只狐狸也许会比我现在读这首诗的时候更真实、更生动。不过，它已经如其所是的在那儿了。如果我没有把真实的狐狸抓到词语里的话，我就不会把这首诗留着。我会将它丢进废纸篓，正如那么多次，我捕获的猎物并非我之所欲的时候，我所做的那样。现在，每当我读这首诗的时候，狐狸便会从黑暗中出现，走入我的脑海。我想即使我离世很久之后，只要这首诗还存在，每当有人读到它，狐狸便会从某处黑暗的所在浮现，向他们走去。

你看，我的狐狸在某些方面是比一只普通的狐狸更好的。它是永生的，不怕饥饿，也不怕猎犬。不管去哪里，它都会守在我的身边。我制造了它，全靠清晰的想象、生动的文字。

接下来这首诗，是我最感自豪的猎物之一。我以前酷爱钓梭子鱼，现在也喜欢，一有机会还会去钓。早年大部分时候，我都在一个小湖里钓，要说是水塘也可以，那就是一汪大水塘。这汪水塘有一处水很深。天热的日子里，有时会看到水面下浮着枕木似的东西，那肯定是巨大的梭子鱼。现在，它们一定更大了吧。最近，我很想钓梭子鱼，情况不允许的时候，还有当我想起钓鱼带给我的极度快乐的时候，这首诗便开始一点一滴陆续而来。你将会看到，我是如何鼓足劲头，仔细凝视我记忆中的池塘，如何用那些从意象和感受之中自然生长的文字，不光捕捉了梭子鱼，而且捕捉了整个水塘，包括我从来没有钓到过的怪物。下面就是我名之为《梭子鱼》的诗：

梭子鱼

梭子鱼，三英寸[①]长，各部位
匀称完美，绿体点缀了金斑。
卵生的杀手：恶意、老迈的狞笑。
与苍蝇一起，舞蹈于水面。

或者游动，在一床翡翠之上，
震惊于它们自己的辉煌，剪影
描出一幅水下的优雅与恐怖。
在它们的世界，足有一百英尺[②]长。

池塘里，热气炙烤的荷叶下——
它们那阴郁的沉静：记录于
仰视上方的、去年的黑叶子。
或者吊在杂草缠绕的琥珀洞中。

---

① 英寸，长度单位，1英寸约合2.54厘米。
② 英尺，长度单位，1英尺约合0.3米。

嘴巴里弯钩似的钳子和獠牙
到了今天的日子，还不需更换；
一个被其工具性所降伏的生命，
鱼鳃无声地搓捏着，包括胸鳍。

我们在玻璃后面关了三条，
缠在水草丛里：三英寸，四英寸，
四英寸半：喂了鱼苗给它们吃——
突然只剩两条了。最后只余一条

鼓囊囊的肚子垂着，天生一副笑脸。
的确，它们不对任何人手下留情。
两条鱼，每条六磅[①]重，超过两英尺长，
高高地浮着，死在柳叶菜里——

一条鱼的鳃穿透另一条鱼的食道。
外缘的眼睛圆睁着：如咬合的钳子——
同样的铁灰弥漫在这只眼睛里，
但是，它的眼膜却在死亡里皱缩。

我钓鱼的池塘，有五十码[②]宽，

① 磅，重量单位，1 磅约合 0.45 千克。
② 码，长度单位，1 码约合 0.91 米。

池塘里的百合，肌肉发达的丁鲷，
比培育它们的教堂里任意一块
石头，都要活得更为长久——

它静止不动，传说中，它的深度
比得上整个英格兰。它容纳的
梭子鱼太大，无法唤醒，如此巨大、
如此古老，天色一暗，我便不敢

摔钩，只敢悄悄地抛钩，冷汗
把湿漉漉的发丝冻结在头上，
生怕有什么会动，哪轮眼睛会转。
黑池上寂静的泼溅声，猫头鹰

让漂浮的森林静下来的呜呜声，
在我耳边依稀地摩擦着，衬着
被夜暗更深处的黑暗所释放的梦，
慢慢地浮现，逼近我，盯住我。

* * *

备注

虽然我们讨论的是“动物”，但更重要的是对选定的主题进行一种强烈而专注的即兴发挥。选定主题之后，应先设定练习的长度，比如一页纸，和一定的时间限制——最低限度十分钟，应是较为理想的，不过实践操作上，可依班级进行较大的调整。这些人为的限定会造成一种危机感，刺激大脑做出反应：奔涌的冲动冲溃平时的谨慎和周全，把一切换到高速挡，许多平常隐藏的东西纷纷涌现。屏障被摧毁了，囚犯打破牢房冲出来。

还有一种人为的方法，就是使用新颖的词句。写出一种无比自由的诗，语法、句法等都可以牺牲掉，冲破所选主题的现实束缚，追求新奇的知觉刺激和准确的词语。

这些练习和驯狗是一个道理，应该以成功而非以错误和缺点作为衡量目标。如果老师对每一个优点都不轻易略过，不吝表扬，再差的学生也能很快领悟。

根据我的经验，学生开始写作前，给他们足够的时间在脑子里把要写的东西反复过几遍，会很有帮助。我一直认为，学期之初就公布未来几个礼拜要写的题目，会比较有成效。这样，学生们听课才会更有目的性和针对性。我们必须做好准备，满足他们的要求。做到这些以后，等到写的时候，就像百码冲刺。

下面的练习，和后面所有的练习一样，重点应放在让学生养成一种习惯上，亦即在极短的时间内达到专注，向着一个确定的方向，全力喷涌而出。

獾

午夜降临，一群狗和人出来，
追一只獾，循迹来到他的窝边，
在洞口套了一只麻袋，埋伏
不出，等咕咕哝哝的老獾过路。
他来了，他听——他们把最壮的狗放出。
老狐狸闻声，扔下叼着的鹅。
偷猎人一枪打去，听到嘶喊，
半伤的老兔子哧溜一下逃窜。
他们用一根分叉的树枝把他压住，
吆喝猎狗，把他捉去了小镇，
整天好多狗挑衅他，人们狂笑，
大吼，吓得这豪猪狂奔乱跳。
凡是碰到的，他都边跑边咬：
他们在喧哗的街上乱喊乱闹。

他转身，直面那喧哗的骚动，
一头把骚乱者赶回他们的门洞。
他们到哪里，都会乱丢石头；
而獾打斗时，所有人都是对手。
有人拍了拍狗，让狗加入争斗；
獾一转身，把它们全都赶走。
他矜持瘦小，不到狗的一半，

却气力绵长，打得狗溃退逃窜。
壮硕的獒犬，数它最为凶暴，
也躺下来舔他的脚，转身走掉。
斗牛犬知道不是对手，浑身发冷，
獾龇着牙笑，甚至连窝都没动。
他抵着人们的脚跟儿撕咬追赶，
把他们咬惨了——醉汉骂个没完。

受惊的女人们把男孩子们领走，
那些小混混大笑着冲入战团。
他试图奔向森林，没希望的奔突，
枝条、棍棒齐上，一下子把他挡住。
他再次转过头，赶跑吵闹的人们，
打败大声狂吠、围殴他的群狗。
他追过去，每条狗都被咬得乱窜，
这时他们放出所有的狗参与围攻。
他倒下，跟死了似的，被人用脚踢，
却一次次爬起，冷笑着冲入人群；
直到被踢、被撕、被打得躺卧不起，
失去控制，骨碎头裂，呻吟而死。

约翰·克莱尔①

---

① 约翰·克莱尔（John Clare，1793—1864），英国诗人。作品多歌颂乡间景色和生活，悲叹乡村的破落。

苍　蝇

她坐在柳树的树干上
观看
克雷西会战[1]的一个局部，
喊叫，
喘气，
呻吟，
踩踏与滚动。

法国骑兵
第十四次冲锋时
她与一只来自瓦当库尔[2]
棕眼的雄蝇
交配了。

她坐在开膛破肚的马身上，
摩擦双腿
思考
苍蝇的永生。

---

① 克雷西会战发生于1346年，是英法百年战争的经典战役，英军以少胜多，以长弓兵连续打退法军的多次冲锋。

② 瓦当库尔（Vadincourt，也就是Wadicourt），克雷西会战中，英军左翼在瓦当库尔村前布阵。

松了一口气的她
栖落在克莱沃公爵的
蓝舌头上。

当一切终归宁静
只余腐烂之低语
温柔地环绕着尸体
只余
几只残臂断腿
在树下突然搐动

这时，她开始产卵
在皇家军械员
约翰·乌尔的一颗眼珠子上。

最后
她被一只逃避
埃斯特雷村烈火的
雨燕吃了。

米洛斯拉夫·赫鲁伯[①]
（伊恩·米尔纳，乔治·塞纳　英译）

---

① 米洛斯拉夫·赫鲁伯（Miroslav Holub，1923—1998），捷克诗人，免疫学家。

驴　子

有时候会嘶叫
有时候会在尘土里
沐浴打滚
这时你才注意到它

不然的话
你只看见它的耳朵
长在一颗星球的脑袋上
一点都看不出是它

瓦斯科·波帕
（安·佩宁顿　英译）

老　鹰

星期天，鹰落在房顶，
　　一只鸡尖叫着
　　迷失于自己的小雪暴。
星期一，他落在荒野，
　　田野俱乐部
　　举起一百个沉默的棱镜。
星期二，他落在山丘，

快乐的羔羊不知为什么
狂吠的牧羊犬跨上他的身体。
星期三，他落在树丛，
乌鸫最后一次
以羽翅的凹槽迎风悬停。
星期四，他落在克里特，
小汤姆的兔子
一个箭步从岸边蹿到山丘。
星期五，他落在沟渠，
但猖獗的老鼠，
那眼和那牙，浇灭了他的激情。
星期六，他落在房顶
约克放低枪口
击中了玉米田上的小翅膀。

乔治·麦凯·布朗[①]

<u>鱼</u>

我抓了一尾大鱼
把他吊在船边，

---

① 乔治·麦凯·布朗（George Mackay Brown，1921—1996），苏格兰诗人。

半截出水，我的鱼钩
勾在他的嘴角。
他没有挣扎。
他一点都没有挣扎。
沉甸甸、格楞楞地吊着，
裹了一层黏液，保持着尊严，
相貌平庸。身体各处
一绺绺垂吊的棕皮
如古老的壁纸，
深棕色的纹路
仿佛这样的壁纸：
一朵朵绽放的玫瑰花纹
年深日久生了斑污，漫漶不清。
他身上附着了藤壶，
精致的石灰花饰，
染上了
小颗的白海虱，
藏在披拂的两三股
破布般的绿水草之下。
他的鳃拼命吸入
恐怖的氧气
——新鲜、吓人的鱼鳃
割伤如此之重，
缀了血点——

我想到了粗糙的白肉
像羽毛一样紧包在里面，
大骨和小刺，
他闪光的内脏
那夸张的红与黑，
粉色的鱼鳔
好像一朵大牡丹。
我与他对视，
他的眼睛远大于我的，
但更浅，发黄，
从那老化、擦伤的
鱼胶凸镜看进去，
是挤在污斑的
锡色睫状体里的虹膜。
它们移动了一下，但却
不是为回应我的凝视。
——更像是一件东西朝着光
做出倾向的动作。
我羡慕他沉闷的脸，
他下颚的构造，
这时，我才注意到
他的下唇
——如果可以称为唇的话——
吊着五根旧鱼线

冷酷，黏湿，如武器，
或者说是四根，外加一根
还连着转轴，
全部五个钩子，
都牢牢地长在他的嘴里。
一根绿线被他咬断了，
线头开裂，两根重一点的线，
还有一根光滑的黑线
还保留着他逃走时拉断的
绽开的痕迹。
五根智慧的胡须
挂在他疼痛的下颚，
仿佛饰带吊着的奖牌，
磨损了，颤抖着。
我盯着看了又看，
胜利的气氛充满了
这条租来的小船，
舱底的积水里，
机油扩散，搭了一道彩虹，
一头在生锈的引擎周围，
另一头是锈橘色的舀水瓢，
太阳晒裂的横坐板，
绑着绳子的桨架，
船舷——直到一切

都成了彩虹，彩虹，彩虹！
我把鱼放走了。

伊丽莎白·毕肖普[①]

星光闪烁的蜗牛

雨后，你悄悄溜出去
繁星闪闪的雨后

繁星用你的骨头做材料
为你造了一间小屋
你要把它搬到毛巾的何处呢

瘸了腿的时间跟着你，
为了追上你，把你踩碎
举起你的号角，蜗牛

你滑过那张广阔的面孔
永远都看不到它的边际
一直来到那无用之人的下颌

---

① 伊丽莎白·毕肖普（Elizabeth Bishop，1911—1979），20世纪极其重要的美国女诗人。

还是投奔我做梦的
手掌上的那条生命线
趁一切都还来得及

作为遗产，给我留下那块
粘银的不可思议的毛巾

瓦斯科·波帕
（安·佩宁顿　英译）

奇　迹

大海的男爵，巨型的热带
剑鱼，在焦渴的甲板摊开，
耀眼的太平洋上，水手把他杀害，

屈服于尖锐、询问的刀刃，
他曾是昏暗之地的领主，指引他、
帮他在领地寻找猎物的瞳仁

是半明半暗之中锻造的仪器；
从一具强壮的巡游客的尸体取出，
却变成一架放大镜，无可比拟，

可折射太阳非比寻常的热气。
水手用它在灼热的木头上刻写
上个码头光顾的妓女的名字。

它是那种最稀奇的器具，却数量
众多，被兴趣满满的海浪收藏，
那些已腐烂成鬼，被饕餮的海浪

吞噬的水手，他们柔和的牢骚，
我想，应该可以列出很多这样的
实例。让他们作为你的东道主

带你去参观他们被遗忘的桅船，
鱼群从高大的桅杆上游过——
所有这些都从那燃烧的眼浮现。

为了刻下那个名字，太阳借助
大海的力量，穿刺下来，
写下她的名字，也抒写奇迹。

凯斯·道格拉斯[1]

---

① 凯斯·道格拉斯（Keith Douglas，1920—1944），英国诗人，死于二战时的诺曼底登陆战役。

第二章

风与天气

风

风暴

一阵风来恍如军号

听起来像雨却有了弯曲

雨后

雾

冬天的篇章

电视梦

你有没有觉察，心情会随天气而变化呢？一切生物都是天生的气压表，依随天气而变化。每个渔夫都懂得鱼儿的行为因天气而不同，勤勉的渔夫甚至知道哪种天气变化会影响哪种鱼。毫无疑问，你们当中肯定有人知道，在雷雨瓢泼之前那沉重的时刻里，鳗鱼是多么踊跃而贪婪，苍蝇会多么狂肆地叮咬。我们如此的反应，是因为气压的改变和空气中的电流变化，直接参与了身体的化学过程，我们经历这样的化学反应，仿佛体验到情绪的波动那般。如果你把大脑想象为收音机的扬声器，把躯体想象为其内部的电路和阀门，那么天气就是摆弄控制旋钮的器官。

说了这么多关于天气的话题，和诗歌有什么关系呢？关系在此。诗歌不是由思想或随意的遐想构成的。它是由改变我们的身体和灵魂的经历造成的，不管那改变是暂时的还是永远的。许多不同的经历都能产生如此的作用，你无法划一条不可逾越的界限。读到某个词，身体会发生反应，精密仪器能测量到你皮肤冒汗的程度、脉搏的速度等，正如你看到苹果会流口水，在空荡荡的房子里会突然恐惧而浑身发冷。大多数好诗人的作品起源于某种对其有特别影响的个人经历，这些经验发生过一次或反复发生。一般的规律是，这种经验越广阔，便能涵盖越多的日常，诗人便越伟大。但有些伟大诗人却凭有限的、特异的经验写作。华兹华斯最杰出的诗歌，似乎就根源于他儿时在坎伯兰[①]山中两三次相似的经历。

幸运的是，如我所言，我们不需要拥有他那种非凡的经历才能写诗。不管我们喜不喜欢，我们都有这样的诗意经验，也就是天气每时每刻对我们的影响。从此出发，几乎每个人都能在生命的某些时刻写出诗来。也许不一定是很好的诗，但堪以告慰。天气最令人惊异的元素之一是风。风的全部过程，刮来、停驻、吹去、止息，都可以说是诗歌最好的主题。几乎每位诗人都在写到风的时候达到其诗歌生涯的一个高峰。诗人为什么对有风或无风感兴趣呢？这是一个谜。也许很简单，风代表了灵感。《旧约》里的先知通常是被一阵大风席卷而获得灵视，或是从不自然的安静里听到了不寻常。一阵强风确实可以搅动你的意识，仿佛吹进你的大脑，在这样的情况下，有时候你会有失去方位之感，好像某种可怕的事情就要发生了，几如地震之始。

有一阵子，我断断续续地住在奔宁山上的一栋房子里，风没有阻碍地吹过旷野的高处。在那栋房子里，我经历过几场狂风，下面这首诗写的即是其中之一。那里，田野间

---

① 坎伯兰（Cumberland）位于英国西北部，华兹华斯的出生地。

的草色是一种特别的耀眼的水绿，山坡上的石头围墙是煤黑色的，好像巨网罩住了一头鲸的样子。诗的名字很简单：《风》。

风

一整晚，房子远远飘摇在大海之中，
森林崩塌声穿过黑暗，咆哮的山丘，
风踩踏窗下的原野，房子跨入黑暗，
在令人目盲的潮湿中，艰难地挪动，

直到白天来临。这时天空呈橘黄色，
山丘改换了面貌，风舞动光的刀刃，
闪着亮黑色、翡翠绿，微微地弯折，
仿佛一只疯狂的眼睛镶嵌的晶状体。

中午，我沿着房子的侧面一直走到
储煤房的门口。我只敢抬头瞥一眼：
风猛扑过来，在眼球上砸出了凹痕，
山丘如帐篷，鼓动着它紧绷的绳子，

原野颤抖不止，天边扭着它的苦脸，
帐篷随时都可能砰的一声刮走消失：
风把一只喜鹊掷出，一只黑脊背的

鸥鸟弯着身体慢飞，如铁条。房子

叮叮作响，仿佛一只绿色的高脚杯
简直下一刻就会粉碎的样子。我们
深深陷在椅子里，对着炉火，心脏
攒紧，看不了书，也无法进入沉思，

更无法交谈。看着炉中的火苗乱跳，
感到房子的根基摇动，却坐着不动，
眼看着窗户抖动，随时挣脱而入的
样子，听地平线下的石头纷纷怒号。

写这首诗的时候，我主要关心的是暴风那摇撼世界的力量，仿佛摇动着一箱子的玩具。

下一首诗的作者是美国诗人西奥多·罗斯克①，他的注意力聚焦于风暴是如何一步步发生的。注意他是如何表达他和妻子的恐惧的，他没有告诉我们他们恐惧，而是描写他观察到的令人恐惧的细节，好像在给一部关于那个场景的电影做笔记。你知道，一部电影如果突然出现一张纸被风刮起的特写，一扇砰砰响的门，然后是一棵狂摇的树的镜头，那该是多么不祥。诗的题目是《风暴》。地点是意大

---

① 西奥多·罗斯克（Theodore Roethke，1908—1963），美国诗人，1954年普利策诗歌奖获得者。

利海滨的一座小城。

风　暴

开始只是一点不祥之兆：
微浪拍打防波堤的砌石，
从山上吹来的风，
从头顶呼呼而过，
在凉亭和曲廊之间呜咽；
电线轻轻地嗡鸣，树叶噼啪作响，
摇摆的小街灯，拍打灯柱。
人都哪里去了？
山上亮起一盏灯。
沿着护岸，不断耸立的隆起，
海浪还不高，平均分布，
但越来越彼此靠近；
海上飘来一阵精细的雨雾，
筛着沙子，如一道宽阔的铅弹之幕，
海上的风和山上的风角力，
把白浪之巅的泡沫刮入黑暗。
是回家的时候了！
一条肮脏的儿童直筒裤从小巷呼啦啦扶摇直上；
一只躲风的猫，跟我们一样，往回跑，

在桑塔·露琪亚[①]，一片翻白的树木之间。
一道沉重的门从那里打开，
我们的呼吸变得轻松。
这时，一道响雷炸裂，黑雨打在身上，
打在平顶房屋上，被风搅成一团一团，
击打墙壁，板条窗，
把最后的观望者赶入室内，让打牌的人
凑近纸牌和他们的耶稣之泪[②]。
我们爬上稻草床垫。
等待，聆听。
风暴渐歇，又紧刮起来，
树木朝地面弯下腰，
果园里最后的萎缩的橙子掉落，
柔软的康乃馨平伏。
一只蜘蛛从摇晃的灯泡垂下来，
爬过床罩，钻到铁床架下。
电灯微弱，时亮时灭。
蓄水箱里水在轰响。
咯咯咯的枕头上，我们的头互相靠近，
呼吸粗重，并企望——
防波堤上最后一道大浪，

① 桑塔·露琪亚（Santa Lucia），意大利海滨小村。
② 耶稣之泪（Lachryma Christi），产于意大利维苏威火山附近的一种葡萄酒。

高耸隆起的浪拍打海滩的平坦的闷声，
海岬轰然倒塌了，地面震动，
飓风把死松针，还给活着的松树。

这首诗很简单，没有什么特别之处，但下次如果写类似的东西，你也许会从记忆中把它翻出来呢。

也许最恐怖的暴风，是狂风暴雨的第一声吹息。伟大的美国女诗人艾米丽·迪金森[①]写过很多关于天气的好诗，下面是她最好的一首。据我所知，没有一个诗人能把狂风乍起时的阴郁恐怖和不祥之感描写得如此生动。景物被风一刮，被怪异的灯光一照，活生生地变成了噩梦。请注意每一行都是特别的，如视像排着队列从她眼前飘过。此诗无题。

一阵风来恍如军号[②]

一阵风来恍如军号——
颤抖着穿过草地而来
热气透出的一分绿寒
掠过，如此令人不安，
我们封死门窗，就好像
要把一只翡翠绿鬼挡在外面——

① 艾米丽·迪金森（Emily Dickinson，1830—1886），19 世纪最伟大的美国女诗人，对美国现代诗歌有重大的影响。

② 原诗无题，此处为译者所加。

就在那时，厄运所穿的
电的鹿皮软鞋从旁经过——
树木喘着粗气，宛若一群
陌生的暴民，篱笆逃跑了
房子奔流在河水中
那天，生还者只能观望
尖顶教堂里钟狂摆不止
消息扩散的涟漪，诉说
多少来来去去，去去来来，
却绵绵不绝，于此世界！

风起之后，对雨的期待就是很自然的了。下面是迪金森的另一首诗，这次她没有写风暴，而是写倾盆大雨。请再次留意，看她把繁忙的场景一步步全部呈现出来，每一个短语都是一个新鲜的事件。这首诗也无题。

听起来像雨却有了弯曲[①]

听起来像雨却有了弯曲，
我这才认识到，是风；
它潮湿的走动好像波浪
卷扬而起，如干燥的沙子。

① 原诗无题，此处为译者所加。

当它裹挟而去，来到
某处最为遥远的平原时
仿佛能听到一支军队的声音——
那才确实是雨来了！
它灌满水井，乐坏了池塘，
它在道路上啁啾、鸣啭，
它从山头上拔掉了水龙头，
让解放的洪水夺路奔流；
它刨松了土地，抬升大海，
中心的地方动摇了，
好像以利亚[①]乘着一朵
风云之轮，腾空而去[②]。

与西奥多·罗斯克的诗不一样，艾米丽·迪金森的诗充满隐喻，却并非随意的类比，亦非模糊的、带有暗示性的诗歌手法。它们比简单的语言更能让她获得一种准确性，比如她写风："它潮湿的走动好像波浪 / 卷扬而起，如干燥的沙子。"还有最后一行写暴风雨："好像以利亚乘着一朵 /

① 以利亚（Elijah），《圣经》中的先知。《旧约·列王记上》18：44—45：第七次仆人说："我看见有一小片云从海里上来，不过如人手那样大。"以利亚说："你上去告诉亚哈，当套车下去，免得被雨阻挡。"霎时间，天因风云黑暗，降下大雨。亚哈就坐车往耶斯列去了。（和合本）

② 《旧约·列王记下》2：11：他们正走着说话，忽有火车火马将二人隔开，以利亚就乘旋风升天去了。（和合本）

风云之轮，腾空而去。”她表达出暴雨后天空的亮丽、碎云和穿云的新光，暴烈的、染彩的雨云退却了，出现彩虹以及闪闪发亮、笼罩一切的回光。这个广阔复杂的全景，从她闪念之间的一个孤象生发，完全地展现出来。

一种不同的雨水落在下一首诗中，作者是爱德华·托马斯[①]。这是一种潮湿连绵的日常之雨，是我们这个国家的骄傲。他描写雨的方式更接近西奥多·罗斯克，而非艾米丽·迪金森。也就是说，他使用了简单的语言，让视觉的微观化的特写一幅幅掠过，在我们阅读的过程中，串联为一体，形成一种浸透我们的氛围。诗行的行进好像落雨，有点犹豫。整个气氛是轻柔的、小心翼翼的，你可以想象一个流浪汉，坐在篱下没有淋湿的地方避雨，不想动，也不必动，看外面连绵不绝的雨又开始下起来，和那气氛差相仿佛。诗的题目是《雨后》。

雨　后

下了一夜的雨，一天又一夜，停了，
值此苍白、堵塞的天
露出天光。窥视的太阳看到
发生了什么。

---

① 爱德华·托马斯（Edward Thomas，1878—1917），英国诗人，死于第一次世界大战的法国战场。

树下的道路，镶了两道
紫色的新边，
夹在鲜亮、稀疏的草篱之间：
十一月了，所有
剩下的叶子都被撕扯下来，
从榛丛、荆棘
和更大的树上。当风返回，
没有一片枯死的叶子
落在树丛下的草皮上、绿苔上
和被焚黄的蕨类上；
白蜡树上的小叶子，飘落，
稀疏地排在路上
如同小黑鱼，组成图案，
好像在演戏。
从一棵野苹果树繁密的枝条上
看到十二个黄苹果
垂下，紧实硬挺，泛着光泽，
那么可爱。
幽谷里，每一条细枝都附着了
数不清的
凝结的水晶，又黑又亮，
雨又开始下了。

以上所引之诗都沉浸在某类特定的天气之中。下面一首是彼得·雷德格拉夫[1]写的关于雾的诗，他的态度更超然一点。他把雾和雾移动的形态，看作一团几乎是有生命的东西。他对行走在雾中没有兴趣，而是对雾的奇怪本质感兴趣，对雾奇怪的生存感兴趣。诗的题目是《雾》。

雾

他们无须月亮便有鬼气
这些雾推挤着树木，
这些男孩的幽灵、怪物之烟
空荡荡地行走，勾肩搭背；
凭良心说，他们完全无害，
把睫毛沾湿，让霉菌生长，
一句话都不讲，除非他们行走的洪水
是一种迟缓的言说。好像鬼，
黎明偷走他们换成露珠。
若是走在鬼道上，高大的雾乱摸，
他们从推到两边的草丛里冲我眨眼，
把我的鞋子擦得锃光瓦亮，
干燥后变成灰暗、乳白、松垮的皮革。

---

① 彼得·雷德格拉夫（Peter Redgrove，1932—2003），英国诗人。

迄今为止，我选了一组关于某类特定天气的诗：风、雨、雾。从这些诗中，我希望你能发现一些线索，抓住自己对变幻无常的天气的感受，写出你自己也为之自豪的诗篇。

* * *

备注

与第一章一样，这里的练习顺其自然，采取相同的方式，即模仿所附的诗歌。有一点需要注意的，就是确保主题越具体越好，基于某一段特定的记忆的话就更好了。我怀疑纯粹把“雪”作为主题，能写出什么东西来。在“雪”这个一般性概念下，囊括了无穷的类别，老师的责任是帮助学生缩小范围，集中在一个生动的记忆或幻象上。让班上的学生举出所有令他们印象深刻的“雪”，可以激发出某些特别令人吃惊的想法，同时也可培养一种集体精神，让每个学生都能从中多少获取一些灵感。

下面就是供练习用的作品，与第一章体例略同。

冬天的篇章

你醒来，窗户却全瞎——狼狈的水雾
在中世纪的玻璃上结成颗粒。
大门开关的时候，砰砰撞击，

如枪响。五根木头[1]关起来的脆弱
放飞十五只沉默的乌鸦，它们
聚拢到一起，满腹饥饿，飞翔于
无法喂养它们的这首冬天的篇章之上。
它们落在别处，啄腐食，什么都缺，
除了刀片一般的空气，白色的阻滞。
包了铁边的车辙，被霜冻
重新磨快了边缘，得以穿过一道
坚硬的腐败，你从那里
再次发现了橡树叶，
躺在山楂树丛的旁边。一张完美的
蛛网上，织就的每个圆轮，
每根辐条的凸起，都染成了白色，
蜘蛛悬垂其上，被冰冷的死蒙住脸，
抓握力却依旧很大。你返回，
看到房子在它黑洞洞的、歪扭扭的
釉体之后，闪烁着明光，
冰霜之蕨在流动。

查尔斯·汤姆林森[2]

---

① 五根木头（five-bar gate）指的是一种简易宽门，由五根横木、一根或两根对角线斜木捆扎而成。

② 查尔斯·汤姆林森（Charles Tomlinson，1927—2015），英国诗人。

电视梦

天气是电视天气，旋风倾泻着
黑雨，从方盒子的白光里扶摇而出；
她的手指不停轻叩。

我们的视线绞在阴影的洪水中——
雪呼啸着掠过屏幕——看到这，
她父亲用手指按住蜿蜒的斑痕，
恢复它们快速的闪烁。

我打着哈欠，阴影钻进嘴巴，爬上鼻子；
她妈妈扭曲的嘴，哭哭笑，笑笑哭，
虽然她的眼睛从没离开故事情节，
但又蹦又跳的冰雹却出现在屏幕上，
她的父母消失于阴影涡流的
尘土中，又浮现，
恢复了他们安静的闪烁。

阴影盛满了嘴巴，
我打着哈欠滑入我们安静的闪烁；
我们走走歇歇；走走歇歇，
在我们安静的闪烁中。

彼得·雷德格拉夫

第三章 写人

不知为什么，我们喜欢读那些关于别人的文字，想知道他们的一切。确实，我们天生一个好刺探的鼻子。文字始作以来，作家很大一部分的努力都花在如何把人活灵活现地呈现于言辞之中了。这是每个人都得自己去学的东西，当然，你可以把前辈当榜样，从他们身上学到很多东西。但这样做可能会很危险。你可能学到好的，也可能学到对你来说坏的东西。下面我会举例说明，但是你必须警惕这些范例。因为也可能有别的写法，你要为有这样的觉悟做好准备。

不可思议的是，迄今为止所有写人的文字，几乎都没什么生命。把人写活，让读者感到他活蹦乱跳的样子一定是太难做到了。历史很无聊的原因也正在于此——没有活人。大多数历史教材都是记录事件，而事件却像发生在一个没有人居住的星球上，只有一些名字和挂在名字之下的事迹。一旦我们开始看到和感到人物的栩栩如生，历史才变得有趣起来。我们开始想象此人在事件中的反应和感受，一旦我们的想象力介入，整个事情就变得令人激动，便可从中学到一些东西了。

我隔三岔五就会读一读伟大的伊丽莎白时期政治家、哲学家弗朗西斯·拜伦爵士。我对他感兴趣。但直到很久以后，他才在我心目中鲜活起来。我读了很多关于他的材料，寻找一切能告诉我他是个什么样的人物的线索。最终，我找到了。有资料说他有一双特别的眼睛——据说很像毒蛇。为什么这个细节满足了我，我不知道，但我一下子对他是个什么样子有了感觉。我感到他在场。我能记起的所有关于他的细节，一下子近在咫尺，变得真实了。这就是我们想要的。不管我们是在读一封信，描述刚成为你小姨子的女人，还是在读恺撒，我们都想让那个人近一点，真实一点，以便了解。

选择恰当的人物细节，勾勒出他或她的生活，是一门艺术。正如我所说，每个人都必须从头开始学习这门艺术。你无法让一个人在你的词语中鲜活起来，如果你只是简单述说他的外貌，比如："他有一个大鼻子，秃顶，爱穿蓝衣，有时穿棕衣。我认为他有一双棕色的眼。"这些东西等于什么都没说：这样的描写也许适用于一百万个各不相同的人。他也许很瘦，驼背，或者巨胖，高个子。他也许长了罗马式的大鼻子、小人物的长鼻子，或拳击手那种被打扁的鼻子。从刚才的描写中，你是无法确定的。你的想象没有被赋予任何确定的线索，所以无法行动，而写作这门艺术的全部，就在于让你的读者的想象延伸出去，付诸行动。

从另一方面说，即便你能把图像的全部纹理都搬进读者的想象中去，也无法做得更好，哪怕像在画画，小心翼翼地落笔："他的额头和睫毛等高，宽七寸半一分不差，沿着上额发际线的中点，到他鼻梁上微微的皱痕，是三寸整。他的头发是椰子那种糙色，左分头，纹丝不乱地梳到耳朵上，再齐齐往后，没有一根头发长过二又三分之二寸……"

不一而足。如此描写一个人，得一本书的篇幅才够，读了第一个段落你就会厌烦。那么刚才那段描写有激发我想象力的地方吗？是的，有一处。说那个人的头发是"椰子那种糙色"，我不仅准确看到了他的发色，还感到其质地，短、硬、粗的触感。这个比喻把我的想象力外化为行动。这是一个很有意思的事实，因为正是将此二物放在一个隐喻或明喻中作比较，我们才把两者都看得更清，远远胜过两者分开、彼此无关的时候。一个比喻就仿佛是一个小谜语。当我说"他的头发像一只粗糙的椰子上的乱毛"，你会问自己："这怎么讲呢？"而这问题会刺激你的想象力给出答案，解释头发如何才能像椰子毛，而不需头发下面的脑子同时成为实际的椰子。你被迫更仔细地观看、思考、区分，并因你的发现而吃惊——所有这些，都让你最终的印象更有力、更生动。一切都完成于一个瞬间。你也可以想出一些奇怪的明喻或隐喻，看能不能激发自己的想象：

蜻蜓如何才能像直升机？

汹涌的大海上，不定期汽船如何才能像一个老人？

球如何才能像回音？

让人物在词语中获得生命的办法中，比喻是行之有效的。举个例子，下面这首诗把一位咖啡馆里的姑娘比作海床上的白石。但诗人并没有停止于这个比喻，他一点点逐步丰富了这个比喻，而所有的场面都发生于海面之下。诗的作者是凯斯·道格拉斯，题目是《一座埃及茶园里，鱼的行为》：

一座埃及茶园里，鱼的行为

仿佛一块招惹鱼的白石头，
她在下午的海床上，招惹
男人的目光和他们残忍的
爱欲。她的红唇顺着勺吮吸

一小口冰激凌。她的双手
雪白好似贝壳，那么纤瘦，
搁在桌上，是下沉的潜水艇
指节张开的叶片，末端深红。

一条长了大眼泡、金嘴巴的
显要的鱼，是一位棉花大王，
从脆弱的礁石的家具游出去，
停下不动，悬垂在那里观望。

一个甲壳纲老人紧缩于她

旁边的椅中，本应是裂缝的眼
睁开，冷冷地打量她的美艳，
否则牙齿也可以开一道裂缝。

休假的船长，一条黑瘦的鲭鱼，
躺在附近，转过身，视线穿过
声音之流。这条扁平眼的扁平鱼[①]
叼一根吸管，悠闲地瞪眼观看。

浅水处，献殷勤的绅士游近，
在这白色的景观附近兜着小圈；
有时候停下来，找个话题闲聊：
如鱼悬止，对她施行啮咬拖曳。

但冰激凌吃完了，账单也付了，
鱼游走去办各自的事，只她一人
坐在桌边如无用的白石，除非是
对一个收藏家，有钱的男人而言。

这首诗不只是简单地把一切都比作鱼和海底生物。不是要把每个人都变成鱼。它让你看得更清晰，换一个方法，你便无法更好地辨别他们是哪一类人，他们的行为是怎样

① 扁平鱼（flatfish），即比目鱼。

的。把一个人称作“棉花大王”，无法让我们知道他是个怎么样的人，这只是一个关于他的职业的赤裸裸的事实。但是我们被告知他是：

> ……一条长了大眼泡、金嘴巴的
> 显要的鱼

我们就可以精确地看出他是个什么样的人：虚胖下垂的脸，镶金的牙。那个老人也同样：

> 一个甲壳纲老人紧缩于她
> 旁边的椅中，本应是裂缝的眼
> 睁开，冷冷地打量她的美艳，
> 否则牙齿也可以开一道裂缝。

好像这个人就在眼前，我们都能感觉到他在想什么。

下面还有一段文字，这次不是诗了，而是描写美国的一位黑人爵士钢琴家准备演出的散文。作者在此追求的是，把名叫鲍尔豪斯[①]的钢琴师在乐队开奏前紧张的神态记录下来。注意作家的眼睛是如何集中在关键细节上的——比如乐师的眉毛，手指在弹奏第一个音符之前的悬停。

“鲍尔豪斯不如哈莱姆男孩爱炫耀，他不醉酒，不发

---

① 鲍尔豪斯（Powerhouse），本义是发电站。

疯——他恍惚；他是一个快乐的人，狂热的人。他表演的同时也在倾听，脸上流露一种可怕的、强有力的狂喜。粗大的眉毛拱起，一刻不停地跳动，仿佛是犹太人——流浪的犹太人的眉毛。他演奏时，连续敲击钢琴和凳子，简直要把它们敲没了。他每一刻都在动——还有什么比这个更色情呢？他就在那儿，大头颅、大肚子，短粗圆的活塞腿、粗长有力的手指，指节发黄，跟一把香蕉的尺寸相仿。当然，你听得出他的音色——因为你已经听过他的唱片了——但还必须看现场。他停不下来，好像在溜冰场溜冰，又或者在划船。在他的钢架结构的大厅里，每个人都围在他的四周，大厅里竖着奈尔逊·艾迪[1]的状似玫瑰的广告牌，放大五百倍的手写体证言，说一匹马有读心术。忽然一切安静下来，他把一根手指放在琴键上，好像女巫把手放在书本上，散发出平静的气氛……

“鲍尔豪斯尽可能地通过姿态的符号来表达。所有人都在大笑，好像在隐藏什么缺点，他们早晚都会递上小纸条点歌。鲍尔豪斯每张都读，不动声色的脸如人人可戴的面具；做决定的时候到了。光打在他的睫毛上，他说道：‘92!’或其他的什么数字组合，却从来不说名字。随即，乐队全体疯起来了，好像教室里捣蛋的孩子互相推挤，而他就是那个让一切安静下来的老师。他把手指置于琴键之上，严峻地发话了：‘都准备好了？准备开动?’——停顿

① 奈尔逊·艾迪（Nelson Eddy，1901—1967），美国歌手、演员。

一下——然后，咚的一声敲击。一片安静。再敲击。不容置疑。随后地板上的一阵踢踏声，建立节奏。哦，上帝！从管乐器的尽头升起乐队圆睁的眼睛，哈罗、拜拜，他们跟着第一个音符滑下，如一道瀑布。”

这就是一个人物在行动，复杂的行动，你可能会以为描述起来会很难。但作家似乎发现它很容易，很自然，就像说话。你瞧，描述取决于细节——细节最有趣，最能抓住你的兴趣，让你牢牢记住——剩下的事情就简单了，把它们落实为文字，生动活泼一点就够了。栩栩如生的人物描写，难点就在于此：关于他有什么有趣的细节？他或她的哪一点吸引了你的眼球？

这两篇关于姑娘和鲍尔豪斯的作品，都把人物置于一个特定的时间和地点，让他们做一件特定的事。如果用简短的语言，把一个人的一生，他或她平常的样子呈现出来，会有何不同呢？

如果必须在二十行字内描述你的父亲，你怎么做？你可以描述他最典型的行动或者事迹，把他和其他人区分开来。你不大可能说他天天上班，因为这谁都知道。你可以说他是一个掷飞镖冠军，如果他是的话。或者说他老是坐着咔咔咔地掰手指，或者说他有一口腌菜烂牙。在八卦或日常语言当中，每个人都能自然而然地选出这样的细节来说。你给朋友描述某人的时候，不会说他们的头发、眼睛、衣服，除非有什么特别。如果哪个人一只眼睛蓝，一只眼睛绿，你可能会把这作为首要的事来讲。但如果他们的长相没什么奇特之处，你就会放过长相，去讲别的特别的地方——因为除非一个人行事特别，或者为人特别，否则我们根本没有兴趣谈论。

在下面这首诗里，菲利普·拉金[1]讲述了一个男人的一生。从诗的镜头，似乎能看到关于这个人的所有的场景，每一处细节。最后我们钻进这个人的脑海，以他的眼睛观看，体会到他的空虚、他的困境、他的放弃。诗的题目是《布里尼先生》，我认为我们都认识他。

布里尼先生

“这是布里尼先生的房间。他在
波蒂斯[2]期间一直住在这里，直到
他们把他调走。”薄薄的花布窗帘，
起了毛，还差五英寸才够到窗台，

从窗户望出去是一绺建筑用地，
乱草丛生，垃圾遍地。“布里尼先生
对我的那点小花园颇为上心。”
床、直背椅、六十瓦灯泡，门后

---

① 菲利普·拉金（Philip Larkin，1922—1985），二战以后最受欢迎的英国诗人之一。

② 波蒂斯（Bodies），原文是俚语“汽车装配厂”的意思，但其本义是身体、尸体。

没有挂衣钩，放书放包都没地方——
“这房间我要了。”就这样，我躺在了
布里尼先生躺过的地方，在同一个
茶托纪念品里捻灭我的烟蒂，我将

棉绒塞进耳朵里，企图淹没那台
喋喋不休的电视，他撺掇房东太太买的。
我知道他的习惯——什么时间上床，
他偏爱酱料，胜过肉汤，以及为什么

他孜孜不倦地押注四个客场比赛——
他们一年年就是这样：住在弗林顿[①]的
家伙，老逼着他去那里避暑，圣诞节
去他妹妹在司铎克[②]的房子待一阵子。

但如果他站起来，看寒风把一朵朵
云团撕乱，躺在散发着霉味的床上，
告诉自己，这就是家，并咧嘴苦笑，
身体打着寒战，无法摇头去掉如此的

① 弗林顿（Frinton），上流社会人士常去的海滨度假胜地，气氛保守，属于英国埃塞克斯郡。
② 司铎克（Stoke），英国有好几个地方叫司铎克，不知道指的是哪一个。

想法，即我们怎样耗磨天性而苟活，
在他的年纪，除了一个租来的方盒子
身无长物，更无从示人，这让他确信
将来的日子不可能更好，我不知道。

再重复一遍，要把一个人的生活呈现出来，你可以选择其生活中某个简单而富有特色的场景，把它表现出来。比如，下面是一首我写的诗，我一开始脑子里想要写一首长诗，描写这对夫妻的生活。但最终，一番修订之后，浓缩成一个单一的场景，所有其他的场景，他们关系中所有其他的事件，似乎都从这一个中心位置的场景生发而出。这首诗写的是一个矿工和他老婆，你将会看到，篇幅很短。题目是《她的丈夫》。

她的丈夫

阴沉着脸回家，煤灰故意没擦，
把水槽染黑，毛巾弄臭，让她
通过擦洗的刷子和擦洗的案板，
体会金钱的顽固不移的特点。

让她知道，通过什么样的灰尘
他挣来焦渴以及浇灭它的权利，
他用什么样的汗水，换来金钱，

以及它血淋淋的点数。他要让她

感到卑微，重新认识到她的责任。
炉子里保温了两小时的油炸薯条，
嚼起来像木头，只是她一部分的答案。
听完后，他砰的一声把剩下的薯片

丢进火里，到房子里间，一边兜圈子
一边唱“重归苏莲托”，那嗓音一高
一低的，仿佛是在波纹铁皮上滚动。
被侮辱的她，缩起脊骨，成了驼背……

最终，他们将会保有自己的权利，
他们的陪审团，将从煤烟的细屑中
甄选出来。他们的案件的陈述状
会直直地飘上天堂，再也无从听到。

迄今为止，我们说了两种情况。第一种，通过准确的、描述性的闪回，人物被带到现实中，特写放大之后，好像就在你的身边，把女孩比喻成白石头的那首诗就是这样。第二种，人物的一生被一到两个典型事件的讲述揭示出来——在事件中我们感受到人物的通常的思维方式和感觉方式。

这两种诀窍，如果可以称作诀窍的话，在原则上是一样的。两者之间共有的唯一的原则，也是人类大脑的自然机制：当我们想传达一个复杂的场景、事件、印象，我们举一两个细节以穷全貌。外号的原理与此相同。给人起外号，通常选取他引人注意的细节特征，从此以后就以那个特征称呼他了。红头发的男孩被称作姜①——虽然只有他的头发是红棕色的。某个总是挠痒痒的人被称作臭虫。

你写短篇小说或写诗的时候，如果所有的人物都不称名，而是用某个突出的外貌特征称呼，那么你就知道这个方法是多么有效、有趣了。

* * *

备注

学生进行关于人的想象性写作的过程中，不应被任何许可证限制。不受限制的写作有治愈作用，关于这点已经有很多论述了，虽然，毫无疑问，不受限制容易导致混乱，但却是一种谈论诗歌读写之欢乐及其治愈作用的方式。

所有想象性的写作在某种程度上都是被忽视者、被禁止者的发声，因此，它和过去维持着一种思乡病的联系，和未来维持着一种革命的关系。也因此形成了和老亚当②的关系，和火山的关系，和世界末日的关系，对残忍暴行的愤怒的关系。这样一来，当英语老师想让学生激发出关于人的想象性话语之时，整个学校系统都是反对他的。但肯

① 姜（ginger），原文还有“红棕色”等其他旁义。

② 这里的亚当，指《圣经》记载的上帝创造的第一个人。

定还是有足够的空间的，即使是一些很容易争取到的条件，也能够让足够多的有趣的作品产生。

然而，想象力喜欢空旷、宽广的行动之地，十五分钟的许可和豁免权就够了。如果连这一点点老师也无法提供，那么他就不应指望学生爆发出勇气。

挽　歌

他押的是 1—2—3，但今天的数字却成了 3—2—1；30 买的碳业股，跌到 29；看好了鲍威[1]的一匹马，但那个赛道却慢得不得了——

哦，当经理的料，想开配置了肘动前轮和银色内饰，动力充沛的六型车？娶一个好莱坞明星？高尔夫打出 58 杆？揭一手好牌，A，K，J？哦，你是一个不接受 No 的有坚强意志的家伙，小心三根香烟被一根火柴点燃；哦，出生于八月火星星象下的、投民主党票的选民，当心破产清偿的铁路——

从结局到结局，他对自己选择的私人生活方式有一种个人层面的自豪，然而他们断了他的燃气，然而银行倒闭了，然而房东打电话催租了，然而收音机坏了

---

① 鲍威（Bowie），赛马场，位于美国马里兰州。

十二点一天一次，却还是太频繁，同样，他穿了一件粗花呢套装，买了一顶草帽，喝了一瓶苏格兰威士忌，走了一小步，长看了一眼，深吸了一口气，太多的“一”了

哇他死了，就跟哇他活着一样，忽一下到了办公室，呼一下回家睡觉，噌一下结了婚，嗤一下有了孩子，呜一下被解雇，哼哧哧地活着，哼哧哧地死了

你到底和谁一起站在他的棺材角，我们拧开右手的银把手要去哪里，谁关心你走在倒数第二的位置，拿着美国美人牌花圈，为什么不呢

《纽约晚报》发行部员工全体致哀；B. M. T.[①]深深地、深深地致哀

呜，罗斯福先生；噗，希尔斯·卢布克；啊，北斗七星；啪，夏日的雨；咣，先生，咣，先生，咣，先生。

肯尼斯·菲叶林[②]

---

① B. M. T. 可能指的是 Brooklyn-Manhattan Transit，纽约市的布鲁克林—曼哈顿地铁。

② 肯尼斯·菲叶林（Kenneth Fearing，1902—1961），美国诗人，《巴黎评论》的创办人。

艾尔弗雷德·康宁·克拉克[1]

(1916—1961)

你每天睡前
读《纽约时报》,
讣告一栏干巴巴地
列出你的一长串老婆,
但都不是新闻,
除了你给第六任的
九万五千美元的
订婚戒指。
可怜的家伙,有钱人,
你悠闲地耗费时光,
显出不合时宜的成熟,
四十五岁就死了。
可怜的艾尔·克拉克,
看着你放大的
几乎无法辨认的照片,
我感到它背后的痛。
那时你活着。现在你死了。

---

① 艾尔弗雷德·康宁·克拉克(Alfred Corning Clark),是胜家缝纫机创始人之一的曾孙,继承了大笔遗产,和第六任妻子阿丽莎(Alicia Darr Purdom)结婚不到两个星期就死了。阿丽莎是个女演员,和许多名人有绯闻。

蝴蝶领结，深色
蓝上衣，嚼着
救命的薄荷糖和肉桂糖，
去除口腔异味。
肯定有什么东西——
某一种品质，值得夸耀，
蕴含在你得意扬扬的羞怯中，
在你对一切努力的拒绝中，
在你前额那苍白、敏感的
凹陷所颤动的
智慧中。
你从来没工作过，
那时还在上三年级。
我亏欠你——
我当时迷惘，
你当时也厌倦，
爱笑、表情冷漠。
艾尔弗雷德，你唤起我心中的亲切；
在圣马可街的四方庭院里，
我们不情愿的灵魂
在不合常规的、
非法的棋局上聚会。
通常你是胜者——
不动声色

如太阳下的蜥蜴。

罗伯特·洛威尔[1]

你好像[2]

小丑，两手撑地，是你最快乐的
时候，脚蹬星辰，头颅似一团圆月，
一翕一张仿佛鱼类。和渡渡鸟的
姿势有着常识性的一致：拇指朝下。
如同线团，以你自己为核心缠绕，
仿佛猫头鹰，用拖网拖着你的黑暗，
和萝卜一样，静默不语，从七月
四号开始，一直到愚人节的那天，
哦高高肿胀的发面团，我的小面包。

你模模糊糊，如雾，要费力寻找
如邮件，比澳大利亚还远。好像
弯腰的阿特拉斯[3]，我们移动的对虾。
像蓓蕾一样紧贴着，在家的感觉

---

① 罗伯特·洛威尔（Robert Lowell，1917—1977），美国著名的自白派诗人。
② 诗人在此诗中描写的是在她腹中孕育的胎儿。
③ 阿特拉斯（Atlas），希腊神话中的托天巨人。

好像一只腌黄瓜罐子里的鲱鱼。
一筐鳗鱼游动着，泛起一圈圈涟漪。
一蹦一跳好像墨西哥炒豆。是的，
像一道加法题，总和算得正确无误。
一张空白，你自己的脸逐渐形成。

西尔维娅·普拉斯[1]

哀 歌

她的皱纹如雨蚀的石头，那天
她躺进黑棺滑走，献给她的花太多，像献给总督——
蒂丽姑妈，她就是这样一个好人。

叹气、叹气，谁说它们有顺序？
在精神和肉体之间[2]——爆发了怎样的战争？
她从来都不了解；
她一分钱不要，一分钱不给，
亲戚都走了，还坐在死者身旁，

① 西尔维娅·普拉斯（Sylvia Plath，1932—1963），美国著名的女诗人，和本书作者特德·休斯结婚，患有抑郁症，多次自杀未果，死时年仅30岁。

②《新约·马太福音》26：41：总要警醒祷告，免得入了迷惑，你们心灵固然愿意，肉体却软弱了。（和合本）

给体弱者、疯子和癫痫病人喂食，照料他们，
对自己，则报以刺耳的嘲笑，
直面最糟的结局。
我记得她整个夏末都在驱赶那些孩子
不让他们破坏院里那株甜美的桃树；
记得她把皱巴巴的不好的落果留下，
最好的挑出来，放在摇晃不稳的台阶上。

就这样她还是死于痛苦，
最后的时刻，她的舌头发黑如公牛。

警察和收账人的恐怖，他们是穷人的背叛者
我在天上的街市看到你
——
在韭葱和白菜中恬静地移动，
探手去摩挲南瓜，
两只稳稳的眼睛往下
逼近颤抖的屠夫。

西奥多·罗斯克

第四章 学会思考

对一头猪的观看
光秃秃的扁桃树
瓦杜奥
蚊子
我的猫咪杰弗里
观黑鸟的十三种方式
猫头鹰

首先，我最好先澄清一下，我下面谈论的是某一类的思考。我们称之为思考的东西，它最奇妙的特点之一是，每个人都在某种程度上打出了自己的品牌，不光有自己的思想，也有自己独特的思考方法。你根本不必担心思考得对不对——除非你从事某种很特别的工作，从而必须使用一种独特的思考方法。你只需要思考，就够了。

思考，正如我们所知，和呼吸一样自然——我们每时每刻都在进行某种思考。有什么大惊小怪的呢？糟糕的是，虽然我们多多少少总是在思考这个，思考那个，但有些人思考得多些，有些人少些。有些人对思考更有热情一些。

正如有些人总在奔忙，干成很多事，其他人则闲坐着——这都是大脑里的思想在作怪——有的脑子随时甚或大部分时间都在战斗、工作、回忆、好奇，而别的脑子闲躺着，鼾声四起，偶尔翻个身。这里，我不是对第一种人说话。我对他们没什么可说的，除了祝他们好运。我说话的对象是那些懒惰的，或把秘密藏起来的头脑，从我的经验来看，这种人很多，二十个里头就有十九个。我自己就是这种人中的一个，从来都是。

在学校的时候，我困扰于自己有很好的想法，却无法写下来。我不是找不到言辞，也不是思考太深或太复杂，无法用言辞表达，而是每当我企图写下自己的想法的时候，那些想法就消失了，只剩下一种麻木、空洞的感觉，好像有人问我尤里乌斯·恺撒的大儿子叫什么名字，或者说“7283 乘以 6956 是多少——快！快想，快想，快想”。如今，不知为什么，我对那些从来都抓不住的思想有了兴趣。有时候它们很难说是你所说的想法——不过是一团关于某事的昏暗的感觉。它们无法归类于某个主题——比如历史、算术之类的，也许除了英语。我的想法逐渐成形，也许可以写成文章，也许还不止。但大部分时候毫无用处，因为我无法抓住它们。我写文章的时候，也许抓住了一个想法的尾巴，但这完全不能令人满足。

现在，你应该知道发生了什么。我能思考，这方面我没问题，甚至还有一些对我来说有趣的想法，但我无法抓住这些想法，或者说无法在需要的时候把它们钓上来。如果不是我知道大多数人都有这个毛病的话，我会以为这是自己特有的毛病，和别人无关。大多数人的想法是飞逝的——一闪而过——或者，他们虽然明知自己知道某物，对某物有某种想法，却无法在需要的时候把它们挖掘出来。他们够不到自己的思想。这个说法很奇怪，但确是实话。

存在这样一种内心生活，它是最终现实的世界，是记忆、情绪、想象、智力以及自然常识的世界，好像心跳，时时刻刻都在进行之中，不管是有意识还是潜意识的。也存在这样一种思想过程，它让我进入内心生活，获取答案，获取支持这些答案的证据。这种突袭、劝服、埋伏、狩猎、沉溺的过程，才是我们必须要学会的那种思考，如果我们不学，那么我们的想法就好像鱼，沉在一个不会钓鱼的人体内的池塘里。

现在你明白我在说什么了吧？也许我根本不应该称之为思考——之所以称之为思考，只不过是因为我们倾向于把大脑里进行的一切都称之为思考罢了。我在谈论一种技巧和诀窍，不管是什么，借此我们有能力获取那些莫测、朦胧的想法，把它们聚合，牢牢抓住，从容地观照。下面我举例说明：如果有人让你“想一想你的叔叔”——那么你脑子里能把这个想法保持多久呢？是的，你想象他。但这立刻让你联想到别的东西上面，他自己却退居幕后了，如果没有完全消失的话。现在，把你的叔叔唤回来。想象你叔叔，别的什么都不想——不管是什么。毕竟，你叔叔有很多可资回忆的东西，他的眼睛和表情怎样？头发往哪边分？卷了几道波浪？到底是什么颜色？如果是秃头，那么头皮是什么感觉？他的下巴——究竟什么样子？瞧一瞧，正如你所见到的，关于你叔叔真的有很多东西——你可以想几个小时，假如你能把他保留在头脑里几个小时的话；当你从头到脚打量他时，你的记忆里就会浮现所有他说过的、做过的事，浮现你对他以及他的所说所做的感受。你可以几个星期把他放在你的脑子里，仔细检视对他的各种想法。我有点夸张了，但你明白在脑子里保持对你叔叔的思考，而不被别的引开注意，哪怕持续几秒钟，都是一件很难的事。那么，你怎么敢抱着这样一种想法，即把所有关于他的想法聚集起来呢？

与此同时，很明显，你无法如此对待所有进入你脑海的东西——用你的想象抓住它，直到把每一道纹路都研究过了才放手。它离开你一刻都不能存活。尽管如此，还是有可能在一个较短的时间内做到这一点的。下面我举一首诗为例，诗的题目叫《对一头猪的观看》。诗人在诗中注视着一个静态的东西，搜求关于它的想法。

他做得很快，很短暂，视线始终没有离开猪。很明显，他没有把所有的想法都利用起来——而是挑选那些组合起来能达到最好效果的想法，形成一首诗。诗如下：

对一头猪的观看

猪躺在一辆推车上，死了。
他们说，它有三个人的重量。
它的眼睛闭着，睫毛粉白色。
蹄子并拢，直直地伸出来。

如此庞大、肥厚、粉红的一堆
安居于死亡，看似不仅仅是死了。
而是比毫无生气还要更少，还要
相距更远。它好像一袋子小麦。

我砰砰砰地敲它，没有罪恶感。
一个在坟地上走路的人，侮辱了
死者，会感到罪恶。但这头猪
看起来无法发出诅咒。

它已经死得不能再死。这么大的
一堆猪油和猪肉，简直不像话。
它最后的尊严已经完全消失了。
它不再是一个好玩的家伙。

死得太沉了，对它没必要可怜。
没必要回忆它的生活、它的吵闹，
它曾经是尘世生活的坚定堡垒，
如今看来都是徒劳，全是错误。

太致命的事实了。它的重量
压迫我——怎么才能把它移动？
还有把它切成块的麻烦事要做！
喉咙的刀口骇人，但并无感伤。

我曾经在一个集市的喧嚣中
飞奔着，去抓一只滑腻的小猪。
它窜得比一只猫更快、更灵活，
它的吱吱尖叫，像是在锯金属。

猪的血一定是热的，它们摸起来
好像火炉，它们咬起来比马更狠——
它们一口就能咬出一个半月形。
它们吃烧焦的渣子，也吃死猫。

不管这头猪有多么独立特行，
收获了多少崇拜，都早已结束。
我盯着它看了很久。他们会给它
烫毛，刮净，好像门前的台阶。

诗人从哪里学的方法，把思想聚焦在一个东西上面呢？这种能力很有价值——但学校从来不教你这个，没有几个人能把这做得自然流畅。我也不擅长，但我确实获得了一些此类的技巧。不是在学校里，而是在我钓鱼的时候。我在平静的水面钓鱼，用的是浮漂。你也许知道，钓鱼人唯一可做的就是盯着浮漂，好几个小时。我盯着浮漂的时间是以成百上千个小时来计算的——浮漂扁豆大小，或红或黄，十码之外。你们从来没钓过鱼的人也许觉得这肯定是个令人昏昏欲睡的业余爱好。完全不是的。

让你分心的那些烦人的冲动全都消失了。它们必须消失，如果你还想继续钓鱼的话。否则，你就无法沉下去：你会厌倦，为坏脾气所裹挟。但是当它们消失的时候，你就进入了一种狂喜的秩序之中。

你的整个存在轻柔地居于你的浮漂之上，却并非昏昏欲睡：你非常警觉，浮漂最轻微的动静都像一股电流袭来。你不仅仅是在观察浮漂。天地的界限仿佛泯灭了，你处于一种轻微的入迷状态，好像在听交响乐的低音提琴那样，你知道，鱼就在黑暗之中的某处。每时每刻，你的想象都在向自身发出警报：那个大家伙缓缓驶出水草，接近你的诱饵。美丽的生物世界，悬浮在水下一种完全的无知无识中，根本意识不到你。在这焦虑的等待和不可预测性的竞技场里，那种集中注意力的激动，其全部的目标，是从世界挖掘出某种可爱的活体金属，在那世界里无物存在，除了那些必然的把生活抬升出虚无并归还于虚无的事实。

你知道，用浮漂钓鱼是一种大脑练习，把注意力集中在一个小点上，同时让你的想象力自由驰骋，搜罗和那个静止点有关的全部：在这里，那个静止点就是浮漂，和浮漂产生关系的就是所有那些让你忙于想象的鱼。你看，这和如下的场景没什么太大差别：稳稳的目光盯住一幅想象中的画，或关于我叔叔的思绪，搜罗所有关于他的想法，这些思想在我脑海里到处漫游，或者涌起来对他形成注视之态。你还觉得这个很难吗？下面是劳伦斯[①]写的一首诗，关于西西里的冬天的扁桃树的。他对扁桃树的想法趣味盎然，注意他是怎样用这些想法缠住树的——而树总在那里，他从来没有视而不见。

① 劳伦斯（D. H. Lawrence，1885—1930），英国小说家、诗人。代表作有长篇小说《儿子与情人》《查特莱夫人的情人》等。

光秃秃的扁桃树

雨中湿润的扁桃树，
如土里长出的阴郁的铁；
雨中黑色的扁桃枝，
如丑陋的铁器，从土里扭结而上，
从西西里不可食的常青草
那深郁、柔软的长羽中挺出，
铁黑的扁桃树干弯曲着，沿山坡攀爬。

露台栏杆下的扁桃树，
锈迹斑斑的黑铁树干，
你把你的瘦枝焊接得更精致了，
如钢铁，空气中敏感的钢铁，
灰色、淡紫色、敏感的钢铁，弯成细而脆的抛物线。

你在十二月的雨中做什么？
在你的钢铁末端有一种奇怪的电流的敏感吗？
你感到空气中有电的传导，
好像某种奇怪的磁铁吗？
环绕着埃特纳火山[①]的电流
野狼般流离天空，你可从中接受了

① 埃特纳火山（Etna），位于意大利西西里的活火山，喷发频繁。

什么消息，以某种奇怪的编码？

你接收到空气中硫黄的低语吗？
你听到太阳的化学口音吗？
你拨电话把大海的怒吼沿地球传了出去吗？
西西里，大雨中，十二月的西西里，
锈铁黑的枝条，如扭曲的旧工具，
俯在地球的冬羽上舞动，攀爬着山坡，
坡上长满不可食的软绿！

很明显，我们思想里的东西并非全都静止不动，如一只死猪或一棵树。下面是我自己的一首诗，关于某种妖怪类的动物——我想象，这个东西忽然发现它自己是活着的。它不知道自己是什么，满腹疑问，困惑于发生的一切。它思绪连绵，但在这些思绪的中心，正如你将看到的，是这个动物和它的困惑。题目叫作《瓦杜奥》。瓦杜奥是一种半人半兽的森林精灵。

瓦杜奥

我是什么？鼻拱地，掀落叶，
跟从空气中一股淡淡的味道，来到河边，
进入水中。我该怎么办，分开
仰视的质地光滑的水面我看到河床

颠倒了在我头上非常清澈
我在这半空中做什么呢？为什么我
发现这只青蛙如此有趣在我探寻它
最秘密的内部而拥有它的时候？
这些水草认识我吗互相之间指涉我称我以名吗
以前见过我吗，我能融入它们的世界吗？
我似乎和地面分开了没有扎下根而是
从虚无中随意掉落了没有根须把我
和任何东西捆绑我可以去任何地方
我似乎被给予了此地的自由
那么我是什么？从腐烂的树桩上
剥离树皮残屑并没有给我任何快感
这样做一点用都没有为什么我还要做
我和那如此做的我非常奇怪地偶合了吧
但我应该被称为什么我是否第一个
我有主人吗我有着怎样的形状我有着
怎样的形状我体型巨大吗如果我从
这条路走到尽头经过这些树经过这些树
直到筋疲力尽暂时到了我的极限之墙
如果我坐着不动反而所有的事物都会
停下来看我而我料想我是绝对的中心
但是所有这些都是什么啊根茎
根茎根茎根茎而且这里还都是水
奇怪得很但我会继续边走边瞧。

如此观想一件东西并非唯一处理问题或提炼你的思想的方法。有时候我们想要的并不是关于此事彼事的思想，而是思想连续的进程——一个接着一个，好像是一个故事或一场论辩的发展。换句话说，我们不再集中关注于一点，而是多点连续，每一点都获得相应的关注。

获得我刚才描述的技巧之后，你也许就会明白，它是下一步要学习的，是第二课。以上我们读过的诗，从某种程度上说，都属于第一课。很简单的第一课，但是，正如我所说，是值得学习的一课。

* * *

备注

用不着把英语课转成瑜伽课那样麻烦，很容易就能把本章的建议付诸实践。

所有的大脑训练中最有价值的，就是把注意力集中在一个简单的小物件上。什么物件都可以。每次五分钟足够了，刚开始的话一分钟也够了。每堂课都重复这个训练的话，成果就会逐渐显现出来。

接下来就是写作练习。学生以任何一个简单的小物件为对象，把注意力集中在上面，采用第一章备注里的方法：用一种松散的诗体，进行全面的描述，预先规定好长度和完成时间。

描述必须具体到细节，在客观性上近乎科学，有着显微镜一般的关注力。

经过这样一番练习，应该鼓励学生从此出发，向所有的方向拓展开去，联想越广泛越好，以选定的物件为中心，那是所有句子的锚。

一旦学生掌握了客观现实和词语之间的电流的关联，这个一开始可能显得无聊的练习就会变得激动人心，让人沉迷。即使结果不理想，朝着这种观察和描述努力，也会影响学生观看和处理事情的方式。

这种练习可以密集进行，同样一个物件应该被反复处理四五次，分散在几天里进行。

蚊　子

你是什么时候开始你的把戏的，
先生？

你站在高高的腿上[①]为了什么？
小腿如碎纸机切成，为什么如此细长，
你这个高头阔步的家伙？

是不是因为你要抬高重心
以便不比空气更重，落下时，

① 站在高高的腿上，应该是“站在道德的高地”的改写。

无重力般踞于我的身体，你这个幽灵？

在慵懒的威尼斯，我听到一个女人
称你为“带翼的胜利女神”[①]。
你把头朝尾巴的方向扭去，笑了。

你怎么能让如此多的邪恶
填满那具脆弱的、半透明的、
纸片一般的幽灵之体中？

小古怪，长着细翅和流线腿，
你如苍鹭滑翔，或不起眼的空气的凝块，
一种虚无。

但你周身的光环多么强烈啊；
你邪恶的小光环，潜行，往我的脑袋里刺入麻木。
那是你的把戏，你肮脏的魔法：
隐蔽性和麻醉力
减弱了我朝向你的注意力。

但我懂得你的游戏了，斑点魔法师。

---

① 带翼的胜利女神（Winged Victory of Samothrace），残缺了的古希腊雕像，被卢浮宫收藏。

小古怪，你怎样在空中跟踪、潜行，
打着转躲避我、包围我，
插翅的食尸鬼，
“带翼的胜利女神”。

你停下来，立着细长的腿，
侧视于我，狡猾地意识到我对你的注意。
你这个斑点。

你察觉到我的恶意，腾空，
侧飞而去，这是我憎恨于你的。

那么来吧，让我们捉迷藏吧，
看谁能在这场诡诈的骗局中获胜。
人还是蚊子。

你不知道我的存在，我不知道你的存在。
来吧！

是你的喇叭
充满仇恨的小喇叭
你尖尖的邪恶，
突然激起我的血液把仇恨指向你：
是你小小的、高亢的、仇恨的军号钻进我的耳朵。

你为什么这样做?
这确实不是一个好政策。
不过他们说你克制不了。

果真如此，那么我才有点相信上帝保佑无辜。
但这听起来太像一个口号，
这时，你攫住我的头皮，发出胜利的欢呼。

血，鲜红的血
超级魔幻的
禁忌之酒。

我看到你有一刻
站在物我两忘的抽搐中，
陷入狂喜的猥亵，
吸吮我的
鲜血。

如此寂静，如此屏住不动的沉醉，
如此贪婪，
如此猥亵的侵犯。

你蹒跚着，
怎么可能不呢?

只是因为你可恶的毛茸茸的脆弱，
你自己的无法估量的轻
才救了你，被我愤怒拍打的气流吹走。

发出嘲弄的赞歌，
你这长了翅膀的血滴。
我追不上你了吗?
对我来说你太厉害了吗?
“带翼的胜利女神”?
我是否不够蚊所以无法蚊过你?

小古怪，从我身上吸出的那么大的一滴血，
躺在你无限之小的、模糊的污点旁边!
小古怪，你隐没成一块黑斑，多么暗淡!

D. H. 劳伦斯

我的猫咪杰弗里

因为我将考虑我的猫咪杰弗里。
因为他是在世神的仆人，天天服侍于他。
因为第一眼看到神的荣光从东方升起他就用自己的
　方式敬拜了。
因为他用优雅的姿态飞快地转了七圈。

因为他跳起来去够麝香，那是神对他的祈祷的赐福。

因为他在地上打着滚地弄麝香。

因为拜毕，受了赐福，他开始为自己考虑。

因为这样他行了十重礼。

因为第一他检查前爪是否清洁。

因为第二他踢踢后腿确保把那儿清理干净。

因为第三他身体伸展前爪探出。

因为第四他用木头磨快爪子。

因为第五他清洗了自己。

因为第六他洗澡时打着滚。

因为第七他蹦得像个跳蚤，不容节奏被打断。

因为第八他蹭着一根柱子摩擦。

因为第九他抬头听取训令。

因为第十他去寻找食物。

因为为神和自己考虑之后，他开始为邻居考虑。

因为如果碰到另一只猫他会温柔地吻她。

因为当他抓到猎物会逗弄它给它一个机会。

因为七只老鼠里就有一只在他的逗弄下逃脱。

因为当一天的工作结束他的营生才正式开始。

因为他在夜里对敌人保持神的警觉。

因为他用闪电的毛皮和闪耀的眼睛抵消黑暗的力量。

因为他轻快的生涯抵消魔鬼亦即死亡。

因为在晨祷中他爱太阳太阳也爱他。

因为他是老虎部落的成员。

因为基路伯[1]猫是虎天使的别名。

因为他有着蛇的敏锐和嘶声，谢天谢地他极力抑制。

因为他不破坏，没人挑衅他吃饱了肚子也不会吐口水。

因为当神说他是一只好猫他就呜呜地感谢。

因为他是孩子们用来学习仁慈的工具。

因为没有猫的家是不完整的，精神中没有赐福。

因为当以色列的孩童从埃及启程，神命摩西带着猫。

因为每家每户包里至少有一只猫。

因为英国猫咪是欧洲最好的。

因为他是使用前足的四足动物里最干净的。

因为他防御的灵敏证明了上帝对他的厚爱。

因为他是体型大小类似的造物之中最快的。

因为他顽固地坚执自己的观点。

因为他是严肃性和滑稽的混合体。

因为他懂得神是他的救星。

因为没有什么比他休息时的平和更甜蜜的了。

因为没有什么比他移动的生命更快的了。

因为他是神的小可怜，总被称作——可怜的杰弗里！可怜的杰弗里！老鼠咬了你的喉咙。

因为我以基督之名祈祷杰弗里会更好。

因为圣灵附体，让他成为完整的猫。

---

① 基路伯（Cherub），是基督教里长翅膀的天使，也称智天使。

因为他的舌头超越了纯粹甚至具备音乐才有的纯粹，

因为他温驯，有些事情学得来。

因为他能克服重力直立，这是赞许之下耐心的结果。

因为他能拿能带，这是耐心起作用的表现。

因为他能越过一根棍子，证实了耐心的作用。

因为他听到命令能滴溜溜地转。

因为他能从高处跳到主人的怀里。

因为他能叼住软木塞又扔出去。

因为他被伪君子和吝啬鬼所恨。

因为前者害怕暴露。

后者不承认指责。

因为他骆驼般弓背，暴露他扑击的苗头。

因为他是个好的思考对象，如果一个人有能力表达自己。

因为他在埃及因及时发出警报而成了英雄。

因为他杀死了陆路上邪恶的埃及獴。

因为他的耳朵那么尖锐，又开始扎人了。

因为这导致他的注意力迅速转移。

因为爱抚他我发现了电。

因为我看到他周围有神的光如蜡似火。

因为电火是精神的构成物质，是神从天上降下来养活人与兽的身体的。

因为神赐给他各种不同的动作。

因为，虽然他不会飞，却是一个卓越的攀爬者。

因为他在大地上的动作比所有四足动物都要多。

因为他能踏遍音乐的节拍。

因为他能游泳求生。

因为他会蹑手蹑脚地爬。

克里斯多夫·斯马特[①]

观黑鸟的十三种方式

一

二十座雪峰间

唯一在动的

是黑鸟的眼睛

二

我有三种意识

好像一棵树上

栖三只黑鸟。

三

黑鸟在秋风中盘旋。

① 克里斯多夫·斯马特（Christopher Smart，1722—1771），英国诗人。

它是哑剧中一个小的部分。

四

一个男人和一个女人
是一。
一个男人、一个女人和一只黑鸟
是一。

五

我不知道选哪一个，
音调变化之美，
还是暗示之美，
黑鸟叫，或只是
叫声后的东西。

六

冰凌给长窗
挂了一幅野蛮的玻璃。
黑鸟的影子
穿过它，来来回回。
心境
从影子中追踪
一段不可解的起因。

七

哦，哈德姆的瘦人，

为什么你们想象金鸟。

难道你们看不见

旁边妇女的脚下

环绕着行走的黑鸟？

八

我明白高贵的口音，

清晰、不可逃避的节奏；

但我也明白

黑鸟参与了

我的明白。

九

黑鸟飞出视线时，

标记了很多圆中

一个圆的边界。

十

看到黑鸟

在绿光中飞翔

甚至主张音韵和谐的鸨母

也会尖叫。

十一

他坐一辆玻璃马车
穿过康涅狄格州。
有一次，恐惧刺透他，
因为他把马车的
阴影当作了
黑鸟。

十二

河水在流。
黑鸟肯定在飞。

十三

一下午皆是傍晚。
天上飘着雪，
天上将要飘雪。
黑鸟坐在
杉木枝条上。

华莱士·史蒂文斯[①]

---

① 华莱士·史蒂文斯（Wallace Stevens，1879—1955），著名的美国现代主义诗人。

猫头鹰

是我的最爱。他
穿过夜晚如一个虚无，
呼呼呼[①]。是树叶茂密的角落里
一把羽毛掸子在拂弄老鼠洞
铃—啊—铃—啊—铃[②]。两次

你听到他叫。他
寻找的是谁？你听到
他呼哧呼哧地刷过[③]
林子的地板。哦，如果可以，
你可愿成为一圈金环

推动他的头颅前进？

---

① 呼呼呼（who whoing），“谁”在英语里是 who，在 who 的词根后加 ing 即 whoing，这是作者生造的拟声词。

② 铃—啊—铃—啊—铃（ring-a-rosy-ing），*Ring Around the Rosy* 是一首很老的儿歌，有很多版本，最常见的版本如下：

Ring around the rosy,	玫瑰做的花环，
A pocket full of posies,	满满都是花束，
A-tishoo! A-tishoo!	阿—嚏！阿—嚏！
We all fall down.	我们全要跌在地。

儿童们围成一圈，跳着唱着，到了最后一句要根据句意做动作，动作最慢的被罚站中间，做上文中的玫瑰，然后游戏重新开始。

③ 刷过（hoovering）在这里是吸尘器吸过去的意思，但是本书原文错写成 hovering（盘旋）了。

披着斗篷，盘旋在冬日的
附近，看起来是那么脆弱。
他是黑暗中树皮的纹理。
在弹丸似的巢里歇息，圆形的

鸟喙忙于雕琢。猫头鹰
是谷仓里的一只眼睛。树干
凿出的洞，猫头鹰的冷血
是罪魁祸首。黑爪子刺破
吓呆的毛皮！冷橡之手

扣住大脑之笼！猫头鹰
好像一尊神降临，统御着
鸡群。他是一根雨中的刺针
扎入粉色的眼睛，液体横流，
为了一天上下的餐饭，他

在荒野上掠食、飞翔、杀戮。
六张嘴，是种子，促发出
他的本季剧情[1]的高潮。天上
被撕碎的肉。猫头鹰靠着他的

---

[1] arc（剧情）和 ark（方舟）谐音，所以这句话也许可以听作，是他的方舟里所保存的种子。

大脑之爪生存。爪子的小枝，

交叉扣在枝条的交叉处，
这样的猫头鹰是一个回眸。
皮肤里飞翔的风。骨头里
精细的雨丝。猫头鹰闪现
如黎明。我是猫头鹰，猫头鹰。

乔治·麦克白[1]

---

① 乔治·麦克白（George MacBeth，1932—1992），苏格兰诗人、小说家。

第五章 写景

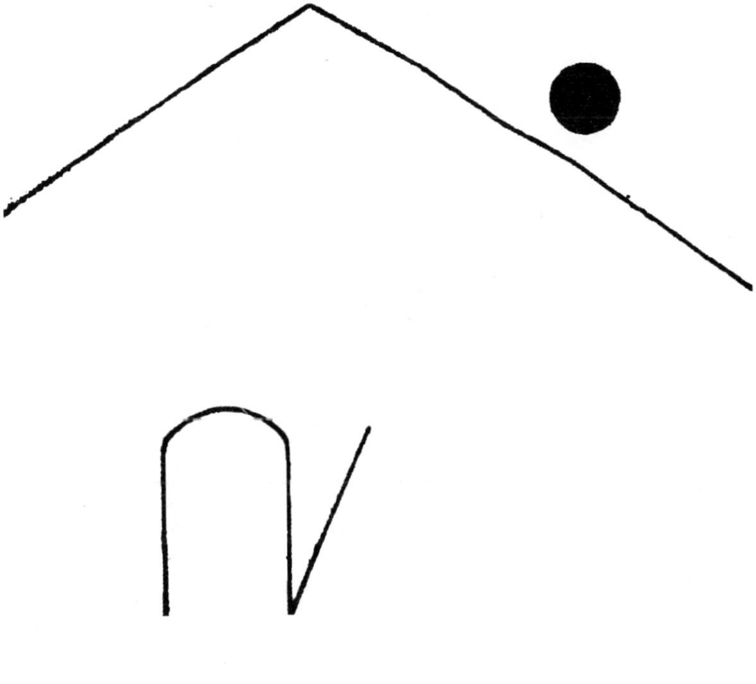

弗吉尼亚
茵伏斯内德
呼啸山庄
驶向一座岛屿

坐在海边露台躺椅上的人，都在看什么？他们在看大海。但大海就是大海，我们都知道大海是什么样子，没有必要学有些人那样跑两百多英里（长度单位，1 英里合 1.6093 公里）去看海，只是为了证明大海还在那里。我们都知道大海跑不了。

那么他们到底在干吗呢，为何盯着海水看个不停？

他们在看海，仅此而已。他们不怎么说话，没做数学验算，也不是在等怪物出现。你问他们在做什么，他们说："我在看海，你以为我在干啥？"

当然，有些人也许会说"我们在晒太阳"，不过这话难以令人信服，因为有什么必要长途跋涉而来，就只是晒晒太阳？他们本可以在后院晒太阳，如果他们想要的只是太阳的话。不，他们去海滩看海是第一，冲着太阳去是第二，也许看人是第三。

如果你对此表示怀疑，那么等着吧，等到大风卷着浪花，犁过海滩和小径。人们坐在车里，停在离海尽可能近的地方，车窗紧闭，晶体管收音机开着。他们坐在里面吃三明治，透过挡风玻璃盯着大海。

他们从大海看到了什么？这个问题不是很好回答。

他们寻找的不是轮船，虽然，如果天际线出现冒烟的轮船，他们会热切地指点着，喊着快看，也不是能把他们冲走的海浪。他们不知道自己在找什么。他们被海所吸引，如同钉子被一块巨大的磁铁吸附。他们就是喜欢，有一种快乐在其中。

对任何壮观的风景人们都是类似的反应。最好那里有点水，但他们并不真的在意这点。我们大部分人都有这样的经验，驾着车，蜿蜒曲折，开向高处，忽然眼前豁然开朗，出现一道大峡谷、一条河，或陡峭的山脉。每个人都喘着粗气。停——看啊！这种经验太多了，你也许会说不可避免，当地政府在路边修了特别临时停车点，甚至还有冰激凌摊，给喜欢美景的人提供方便。你从车里或大巴里冲出来，举起相机瞄准。

我们都熟悉风景画。我认为风景画在普及程度上仅次于肖像画。人像第一，接下来就是风景。我们对于风景该有多执着啊，那么多最伟大的画家终其一生，企图抓住风景的本质，一幅又一幅地画。人们愿意出大价钱，在起居室的墙上挂着哪怕是非常一般的风景画，甚至连那风景都可以非常平庸，仿佛多开了一扇窗户，窗外就是荒凉的康尼马拉[①]，或者是烂泥滩上的几只野鸭子，田野间的一头牛。

当然，也不是说我们都对乡下有秘密的爱慕，但也许

① 康尼马拉（Connemara），爱尔兰南部的地方，有很多历史遗迹。

我们有呢。谁又敢说我们没有秘密地爱上青草和树木呢，最好周围看不到什么房子，如果有房子的话，也必须是乡下式样，最好是个小屋，要不就是庄园。毕竟，我们肯定是爱它爱疯了，在每间火车包厢里都挂着四幅风景画，而几乎可以肯定的是，从巨大的窗户看出去，不管哪边，都不过是延展着更多的风景而已，但包厢里四个旅客却盯着看个不停。也许那四幅画是为了火车开进城市准备的，周围林立着不知道为谁拥有的高楼，遮蔽一切。即便如此，为什么是四幅呢？两幅就够了吧。

不管什么原因，我们都会因漂亮的景点——至少我们是如此称呼的——而有所触动。如果没有被打动，那是因为我们不喜欢乌泱泱的人流，我们可以去找人少的，还没红的景点，或者像小孩子，因为大人不给他吃糖，所以干生气，拒绝吃饭，我们会说，我们不喜欢乡下，绿色让人恶心。但总体来说，人们看到好的风景立马便可以辨识出来，进而喜欢上它。

通常，这些景点之所以出名都是因为一点——看起来荒凉。越是荒凉，只要还在限度之内，我们就越喜欢。荒凉之地对我们有什么作用呢？它们让我们得以休息。人们来到这些景点的目的就是为了休息，恢复元气。但他们为什么不在电视机前，在城市公园休息呢？因为事实证明在这些地方他们无法休息。

这些景点之所以给人带来放松感，是因为让我们进入了这样一种意识。这些残留的景色，曾经满世界无处不在。

它们径直把我们带到祖先一亿五千万年前的生活环境——这么漫长的时间，不管地球多么蛮荒，也足够让人们适应了，跟在家一样。相对来说，文明还是太短，只是一个让我们神经紧张的负担——还算不上人类的家园，我们时不时还需要到古老的环境里度个假。只有在那里，体内仍旧存在的古老的直觉和感受才会踏实，有回家的感觉。那些地方就好像发电机，给我们能量耗尽的电池充电。我们用什么充电，充的是什么电？那些史前的感觉和满足，我们甚至都意识不到，除了作为一种快乐的刺激——仿佛是给我们输的血，只有在蛮荒的环境才从深处浮出，涌上表面，更新我们，让我们振作。对有些人来说，在脑子里想一想这些地方，就已心神愉悦了。

这也许就是为什么，我们看到绘画和写作中对这些地方的表现，经常会觉得很愉悦——它们在我们身上复活了这些感觉，这些感觉对我们的健康所起的作用，就好像水对植物所起的作用一样。

下面这一段爱德华·托马斯的文字，清晰地证明了这一点。这段文字不是诗，至少没有用诗体描写作者眼中的早晨的大海，很明显，他对我刚才所说的那些感觉是有所体会的。我相信这是一段绝佳的记录，描述了大海处于其最具典型性的氛围中时，人们对它的反应。

大海……没有变化，没有缩小或生长，如土地；太阳晒不暖它：它是一头野兽，躺在那里，不随时间迁移，在大门外呜咽着，睡着，而大门内是人和兽，因为被关而成其所是。实际上，那个冷冷的致命的元素和其内无数的水族，全无声响，给大脑注入了一种渴望，好像能够模糊地感觉过去，回忆时间的开始，那时候，大海还不可理解，不可逾越，大地刚刚从海洋升起，不久还将沉入水中。它成了一种废弃之物，不为人知或不可确定，除了死亡。它朝着大脑里倾泻思想，那些思想是人们俯瞰无人踏足的山脉、森林、沼泽，在世界之初的飘雨中才会产生的。大海还保留原初的样子，跟那时的山脉、森林、沼泽一样，还只是冷峻的敌手，看一眼都会让人在心里复燃那种古老的恐惧。我记得有天清晨，这种恐惧的复燃盖过了其他所有的事。天还黑着，灰色的天空吹来大风，一只云雀在歌唱，伴随着荆豆花丛的呻吟，以及门扉开合的吱吱呀呀和涨潮深吸的一口气。海鸥开始盘旋，动作好像漩涡上的浮沫或盘旋交织的雪花，这时天也还没亮。在一座陡峭的海湾峭壁下，它们绕着渔船的桅杆转，渔船点着头，好像在亲吻，互相交错，黑色的峭壁上沾了一些黑色之海的涎水；船上没人，沿海崖过去，那些灰屋也没人，一直到一座海岬，好像海之门，有令人生畏的台阶，垂直的礁石矗立，好像巨大的神像。高高的峭壁上郁郁苍苍，苔藓点缀，下面是海石竹、鸟足拟三叶草[①]和白玉草[②]的软垫子。大海动荡不

① 鸟足拟三叶草（bird’s foot trefoil），也就是百脉根。

② 白玉草（white bladder campion），字面的意思是白色膀胱剪秋萝。

安，但却没到风暴的程度，只是动荡不安，又冷又暗，在缓慢无色的清晨，又冷又暗，广阔无垠；在大海的边缘，大地屈膝，呈送一只轻盈的小鸟的音乐，和小花或白或金的美，给那些神像。它们已经够可怕了。但是，大海更可怕……

这段文字之所以效果强烈，至少对我来说，是因其对大海的神秘记录，一方是巨大、死气沉沉、黑暗的大海，另一方是云雀、门扉、小船、海鸥以及小花，两者互相映衬，前者的重压让后者黯然失色。

风景对我们的重要意义正在于此：不是单纯地因为风霜雨雪，而是因为自然力和生灵之间，尤其是和人类之间的碰撞。正如我此前所说，其意义正在于人类情感的存在，在于风景让我们意识到的人类情感。换一个例子：1500 英亩（地积单位，1 英亩合 4046.86 平方米），草地和山毛榉林混合用地，宽广大湖，远眺奇尔特恩丘陵[①]。这对我们有什么意义？几乎是零。听起来像是一则糟糕的广告。如果同样的土地出现在英国画家透纳[②]的笔下——也许就成了你永远不能忘怀的地方之一了，因为他给我们看的，是经丰富而有力的感情棱镜折射之后的风景。

当然，用言辞来描写风景还是很难的。哪怕是一小块

① 奇尔特恩丘陵（Chilterns），位于英国东南地区。

② 透纳（Joseph Mallord William Turner，1775—1851），英国画家，对后来的印象主义画派有很大影响。

空地，都有太多甚至无穷的细节，最草率的水彩也能在完备程度上比词语做得更好。但是，词语能表现情感。作为例证，让我们看看下面这首诗是如何呈现出一幅生动的画面的，诗的题目是《弗吉尼亚》，这是一个美国南方腹地的州，作者是 T. S. 艾略特[①]。

弗吉尼亚

红红的河，红红的河，
缓流的热气是一片沉默，
没有意愿比一条静止的河
更停滞。热气只会随着
反舌鸟——仅被听见过一次——
移动吗？静止的山丘
等待。大门等待。紫色的树，
白色的树，等待，等待，
延宕，腐败。生存，生存，
从不移动。一直移动的
铁的思想，因我而来，
又因我而去：
红红的河，河，河。

---

① T. S. 艾略特（T. S. Eliot，1888—1965），伟大的美国现代主义诗人。

如果你跟我一样，那么你就会在这首诗里看到一幅生动无比的画面。你觉得甚至可以画出来。不过这首诗描写了什么？紫色的树离白色的树很近吗？门是花园之门，还是场地之门？门靠近树还是靠近河？生长在山上吗？诗中并没有交代。但为什么能营造出这么一幅逼真的画面？和上面那段文字类似，诗是通过强烈而生动的感情营造出如此效果的。诗真正描写的是一种慢的感觉，贯穿一切的静止，这种感觉来自悬置的时间、热气、干燥、疲惫，其中潜在一种压抑的危险，好像一个马上要电闪雷鸣的炎热的下午，偏远的南方腹地的慵懒天气。一切都卷入言辞的缓慢曲折之中。也许一个好的掌握这首诗的办法是把它当作河流的词语，描写自身沉陷的流动，穿过无精打采的田野。山丘、门扉、白色的树、紫色的树，全都在移动，却全都静止，好像水面的倒影，水面之下河在缓慢地前行。

……生存，生存，
从不移动。一直移动的
铁的思想，因我而来，
又因我而去……

下一首诗，里面有更多我们称作直接描述的东西，但生动的细节却全都指向一个方向：一个锐利聚焦的景色，一个荒凉的、非常孤独的地方，它所有的阴郁和灿烂，狂喜和不安中的明媚。据我所知，这首诗是最接近于我们通常所说的写漂亮景致的作品了。它是如此洁净，如此正确，每当我在现实中看到类似的景色，我就会想："它跟《茵伏斯内德[1]》一样美。"其作者是杰拉德·曼力·霍普金斯[2]。

茵伏斯内德

这昏暗的溪流，马背的棕黄，
沿着他的滚石之路奔涌流淌，
他泡沫的羊毛忽高忽低空卷，
一缕一缕，落入湖水的家园。

风激起的软帽，浅褐的水沫
旋转，在如此澄澈但黑漆的
潭水上扭曲一幅痛苦的面庞，
一圈圈地把绝望收拢为溺亡。

溪水穿过山侧，溅洒着露水，
其间有斑斑驳驳的露水点缀，
一丛丛石楠拉拉杂杂的蕨类，
俯临溪流的白蜡垂挂着野莓。

① 茵伏斯内德（Inversnaid），位于苏格兰的村庄。
② 杰拉德·曼力·霍普金斯（Gerard Manley Hopkins，1844—1889），英国诗人。

剥夺了潮湿还有荒芜，世界
会成为什么样子？那些荒野
和潮湿，让它们都得以保留；
杂草和蛮荒长存，以至永久。

这种诗的价值在于，它们在某种程度上比真正的景色更好。我们身临其境时的感受飘忽不定、让人迷惑，而这种诗里的情感却是浓缩、提纯、强化的。看到一些有着惊人之美的景色，或感到某地独特的气息时，人们普遍有一种想写点诗的冲动和感觉，有一种强烈的欲望去抓取、突出其中的本质的东西，探索并把握其全部的喜悦。对于风景，这很困难，因为风景有太多的细节，呈现给我们太多的显象，我们很容易就淹没于其中了，而我们需要的，不过是几个关键，以之开启我们人类的兴奋之源及对此景最深刻的情感。我们想要的不是一张照片，而是一部电影，和与之完全匹配的音乐，音乐才是最重要的。

下面这首比上一首有更多的视觉描写，但每个意象都发挥了两重作用：表现景物细节，如摄影，同时也定义了你对这个镜头的感觉方式。正如在电影里，音乐作用于我们的感情，比画面更为强烈——虽然没有画面我们也许会觉得大部分配乐没有意思，但没有音乐，画面则很难抓住我们的注意力，更不用说感动我们了。这首诗描写的是天快黑的时候，在西约克郡呼啸山庄附近的旷野上徒步。它并非对旷野的描写，如我所言，而是写在旷野上行走的感觉。作者是美国诗人西尔维娅·普拉斯。

呼啸山庄①

地平线如一排香烟圈住我②，
倾斜、参差不齐，永远都稳定不下来。
被火柴嚓地一点，也许就温暖我，
它们精细的线条就会烧焦大气，
端出一片橘红色，
在它们所固定的遥远蒸发而去
以一种更大块的颜色对冲苍白的天空之前。
但当我往前一步，它们却只
消散，消散仿若一系列的承诺。

没有什么生命高于草巅，
高于绵羊之心，大风
狂吹而过，如命运，把一切
都朝着一个方向弯折。
我感到它在试图

① 《呼啸山庄》(*Wuthering Heights*)，艾米丽·勃朗特的小说，普拉斯用同一个题目，既有主题上的呼应，其实也是她和丈夫特德·休斯在附近旅行的真实回忆。

② 圈住我（ring me)，原文也有给我打电话的意思，不排除作者在此处有双关的意图。

把我的热气注入一个漏斗。
如果我太过于注意
石楠的根茎，它们就将邀请我
与它们一起漂白骨头。

绵羊明白它们的处境，
穿着肮脏的云团徜徉，
灰不溜秋的，如同这天气，
黑洞洞的眼孔摄入我。
好像被邮寄到太空的
一小段犯傻的消息。
它们伪装成老奶奶站在那里，
披着卷发，露出黄牙，
咩咩咩，冷酷地叫着。

我来到车辙前，
清澈的水如孤独
从我的十指逃逸而出。
空洞的门前台阶，一阶阶被草隔开；
门楣和门槛脱开了。
关于人类，大气只记得
几个奇怪的音节。
它悲哀地排练这几个音节：
黑石头、黑石头。

天空压向我，在所有水平
之物中，我，是唯一直立的那个。
草心不在焉地击打自己的头。
对一个生命来说，这样的陪伴
太过脆弱；
黑暗证实了这一点。
现在，窄小的峡谷
暗得恍如钱包，房子零星亮起了灯，
闪烁着，如零钱。

* * *

备注

本章引用的诗应该有点作用，但我认为，对孩子们用非个人化的风格满怀激动地描景摹色，寄予过多希望是错误的。我的经验说明，最有效的办法是让学生们在面对特殊场景时，把自己解放出来，写一段旅行的个人经验。通常的情况是，孩子们写奇异、极端的景色，比写熟知的景色要来劲得多——不管是对他们自己还是对读者，都是如此。就好像只有当他们离开之时，熟知的景色才能变成想象，灌注笔头。沙漠、草原、南极、月亮，所有这些，都比他们卧室窗外的风景更容易写。

以下列举的七个主题，我曾在不同的时候试过，效果不错。

需要牢记的、最主要的一点是，细节必须有锐利的聚焦，必须特别。

1. 我是一只巨型章鱼。波浪把我冲到陌生的海域——太冷了。我想从海床上找到回家的路。

2. 我是一个隐士，或被流放到南大西洋的一座岛上。除了觅食，我什么都做不了。

3. 我是一个外星生物。我降落在海边。下面是我给司令部的汇报。

4. 我是亚马孙河。

5. 从这架望远镜你能看到什么？

6. 我是盲人。我只有五分钟——唯一的机会——拥有视力。如下是我看见的。

7. 我是一个越狱的囚犯，后面有狗追踪。

驶向一座岛屿

膝盖上横杆[①]升起，而帆船下沉，
浪花离去，离去，我的面颊和斜桁
亲吻，被拒，又亲吻，它画出一道
正切线，把无边的天空切成红色的
地图，桅杆一个接一个画着八字，

① 横杆（boom），又名帆桁、下桁，主帆低端的部件，水平撑开主帆。

映衬无限之蓝，船员有唱的有睡的。

一整天，我们对准了命定之岛航行。
克莱尔岛[①]，它的悬崖被神话涂上
紫霞；那里，在城堡之下，热辣的
奥麦利[②]，光荣的女儿，海盗女王，
她拿着霰弹枪，登上一个土耳其人，
一边梳着红发一边把牛群收拢停当。
逐次倾斜的大西洋的涌浪，太阳的
翠鸟牌鱼竿扎入其中，越过这一切，
我们航行着，企图在海水和泥石之间
寻找一个女剑客的神话，她精明残暴，
却满心虔诚地捐助了一座修道院。
整整七个小时，我们顶着大风巨浪，
迂回变线，抢风而行，却不得寸进。
北风卡在我们的牙缝里像一具嚼子。

我们被蜃景、水面升腾的蒸气环绕，
不远不近，沿礁石可怕的锯齿滑行，

---

① 克莱尔岛（Clare），位于爱尔兰西海岸。

② 戈罗娅维·奥麦利（Granuaile O'Malley），16世纪爱尔兰女英雄，拥有克莱尔岛。传说她的船曾被土耳其人攻击，土耳其人登船的时候，她刚好生完了孩子，一爬起来就拿着枪，上到甲板上打死了土耳其人的首领，俘获了对方的船只。戈罗娅维是光荣的意思。

那是一座鸬鹚的雅典卫城，熄灭了的
火山蛛网盘绕，好一座炼狱，周边
护卫的，是沼泽及碎浪尖锐的鬃毛。

我们上下颠簸的当儿，微风变硬了：
一座座巨浪的山头，把我们和陆地，
把我们的希望和小岛的港口，隔开。
一个孩子呕吐。船头偏转，颠簸着。
在塘鹅栖息的悬崖上，没有落脚之地。
我们离得还很远：船体已开始朽坏，
帆桁裂开了缝，索具也被严重磨损，
我们的舵手爆发出一阵肆意的笑声。
那些必须面对一位发狂的女人，在她
淫威的逼迫下讨生活的人该当如何?
我们以节日的轻浮，也知道这就是
那艘在克莱艮[①]海难中，打着响亮的嗝，
把它死去的船员喷吐到海滩上的船。

现在她极度沉陷，船帆碰到了水面。
吱吱嘎嘎地停下，风打得她浑身震颤。
有人在喊叫。横杆脆弱得好比剪刀，

① 克莱艮（Cleggan），爱尔兰的小渔村。海难发生在 1927 年，有几十个渔民死去，当时影响很大。

噼啪一声崩断了，船夫在那里祈祷。
号令如雷鸣，船帆如霹雳啪啪炸响。
她在浪花的泡沫里窒息。桅杆还在；
船桨充作一条横杆。有人喝令让我
剪断鱼线，做成帆索，把前帆绑好。
绳索抽打我的双颊。镇定！终于好了：
她摆到下风头，我们得以安全航行。

水冲上栏杆洗去我们的克莱尔之梦，
我们把风暴抛在了身后，胯下不眠的
海水，一路把我们拽向依尼诗巴芬[1]。

船头骑在波浪之上，剧烈震颤着。
我们既不睡觉，也没有唱歌、说话，
只看向前方我们割草般犁去的陆地。
岛上的人怎样看待我们的愚蠢呢？
那个在平静的栈桥上抽烟、点头，
低声耳语，自发组成的接待委员会。
我是否在嫉妒这些殷勤温暖，伸手
把我们拉上岸的渔民？嫉妒他们对
大海的熟稔，对风暴的尊重，虽然
在一个可怖之夜，正是在这艘船上，

① 依尼诗巴芬（Inishbofin），离克莱尔岛不远的一座岛。

被淹死九人，还有罗萨第斯科[①]的五个。
他们的渔港是避风港。过了好半天
他们才会把故事重叙。本地的骄傲
在其家庭作坊所建的船上得到保留。
他们建议我们最好明天乘邮船返回。

但今晚我们停留，和他们一起喝酒，
渔船的单调不变给他们的却是快乐。
把捕获的鱼带到克莱艮市场售卖，
耕田种地，或者，从美国退休回来，
挣的钱足够每晚喝到天亮，喝到老。

我膝下的长凳一头抬起，而地板则
沉下，词语互相道别，道别，脸庞
被烟雾模糊不清。一个老人抓住
我胳膊，醉眼抽动，安静地诉说不满。
他的手表丢了，是美国带来的金表，
波士顿煤气厂的纪念品。让煤气厂
畅饮那秘密的波浪，他的悲哀之海。
我踉跄出来，倒在石头和荨麻之间，

① 罗萨第斯科（Rossadillisk），也是克莱艮附近的渔村。据有的材料说，克莱艮海难中，依尼诗巴芬死了9人，罗萨第斯科死了16人。一共有45人死去。

啪嚓，撞断了一棵年迈之树的枝丫，
而一架手风琴嗡嗡地在山丘上奏鸣。
后来，我进了一个房间，月亮透过
遍布蛛网裂纹的窗户。潮水衰歇了，
渔船斜斜地系在港湾。可有张床了。

理查德·墨菲[①]

① 理查德·墨菲（Richard Murphy，1927—2018），爱尔兰诗人，但有英国血统，20世纪50年代起曾长期居住于克莱艮附近。

第六章

写小说：开头

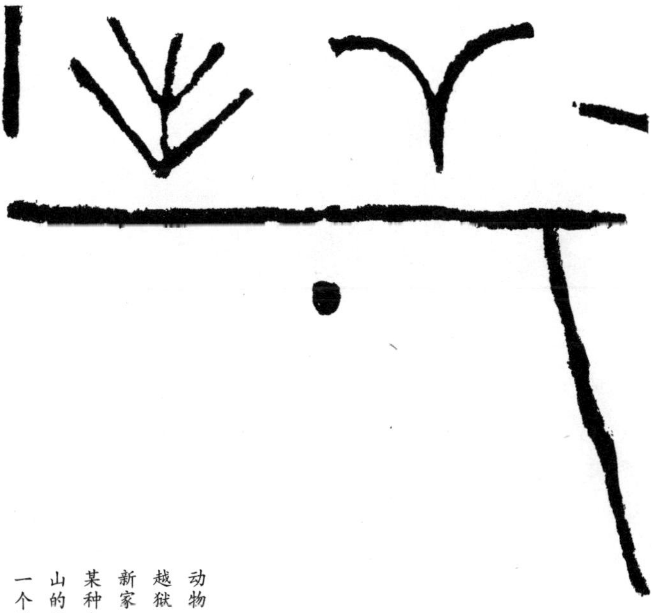

动物

越狱

新家

某种人

山的另外一边

一个故事的故事

我们都讲故事。我们都给人讲述过亲身经历的怪事情。我们一开口说话，通常来说，差不多讲的就是故事。我们有些人更进一步，编出篇幅很长的故事，想象如果有这事或那事发生在我们身上，会导致什么结果，再接下来，又会怎么样。实际上，如果你没有连续不断地制造小故事的话，你就无法存在。过马路的时候，你犹豫一下，确定没车。你这样等一下，是因为一个小故事在你头脑里进行：一辆车开来，急刹车，发出刺耳的声音，突然变向，差一点就撞到了你，碰到远处的墙，翻了三个跟斗，门震掉了，翻滚出里面的人和柯利牧羊犬，等等。很惊悚的故事，闪电般在你的头脑里过了一遍，又轻又快，你几乎都意识不到。有时候你特别想得到什么东西，你就总是编造一个故事，在故事中你怎么得到它，得到之后呢又怎么样，有时候在这样的故事中沉浸深了，就好像实际生活在其中一样。有时候在这样的故事中迷失了，当你又找到自己的时候会吓一大跳。

好吧，这很平常，我说这些的目的是让你认识到自己天生就有的能力，这样的话，我下面的提议就不会显得太难了。而我对你的提议是，写一篇小说。

如你所知，能够流畅地表达思想在现实生活中是一个优势。首先，当你习惯于写出来的时候，它们就会一个接一个呈现自身。没有这个习惯的时候，它们通常是纷乱、繁杂的，等你想着坐下来搬到纸上，就只能看到一鳞半爪了。我从自己的经验发现，每次考试的头两三个小时，我都浪费在热身笔头上了，等热身好了，一切都晚了。而一旦你开始写，体会到写作本身那巨大的快乐，就知道有什么不同了。

同时，当你开始理解写作艺术的困难之后，你会发现阅读更有意思了，而这些困难，你肯定会经历的。

说来似乎很奇怪，但生活也会变得更有趣了，因为写作教给我们大部分人的教训之一是，我们本来应该仔细观察事物，理解透彻，却没有去做。只有当你坐下来写作的时候，比如，写圣诞节后一件有趣的事，才发现你几乎什么都不记得了：你不记得人们穿的衣服，他们具体做了什么，具体说了什么。大部分人对于事件只能保留模糊的印象，一到两处直接影响我们的细节，如果让别人讲一下他们所经历的同一件事，很可能他们的记忆和我们的并不一致。这可能意味着，我们看到的是一件事的不同层面，从各自的角度，我们双方都是对的。但这也说明，我们双方都几乎什么都没看到，我们只看到了一两个事实就做出了对所有事实的判断。如果一个审理你案子的陪审团对案子的了解，和你对上周作业的记忆差不多，那么你会有什么感觉？

在嘈杂、繁忙、轻浮的现代生活里，我们都被视觉和声音所轰炸，而这些视觉和声音对我们并没有什么重要的意义……它们或者全无意义，比如交通噪音，或者仅仅是娱乐，比如电视噪音。所以，我们养成了懒惰的习惯，听，听不真切，看，看不清楚，放任所有一切从身边滑过，心里明白，不管我们看没看到、听没听到，都没有什么要紧……重要的是我们不要受到伤害，不要饿肚子。

就这样，我们大部分人在生活中飘过，注意力没有在任何事情上停下来过，好像水族馆里肥胖的逆戟鲸，没有鲨鱼和杀人鲸的威胁，饲养员带来所需要的食物，玻璃外是另外一个世界的什么人，完全不重要。我们大部分人，到了十八九岁，就是这个样子，唯一让我们烦恼的是无聊和厌倦。

我最近读了一则报道，是关于一次实验的。这是一部电影，拍摄的是潜水艇在水下移动的场景，放给一组美国人和非洲部落的人看。美国，你知道，是一个肥胖的、生存容易的国家，与英国一样。非洲却不是：对大部分非洲人来说，生活仍旧是艰难的、可怕的，如果他们不对周边环境保持足够的、动物般的警醒，那么他们就完了。电影放完后，要求观众写下他们看到了什么。你觉得结果会怎么样？

美国人，正如上述，和我们的生活差不多，他们看到的和我们也差不多。从他们的记录里，你会觉得他们几乎什么都没看到……当然，他们看到了一艘潜艇，移动的。

但推动潜艇的是什么，他们基本上都不敢肯定，从他们的所见，你无法猜测是什么样的潜艇，甚至潜艇是不是在水下都不清楚。非洲人的记录可大不一样。几乎每个非洲人都看到了所有的细节，并且记得……潜水艇的形状，所有可视的部件；他们准确地描述了它的移动；他们详细描述了潜艇过后水和海床的形态。你会觉得他们简直就是以此为生的。你觉得你的记录会是怎么样的呢？

在这篇你要写的小说里，你将会练习这些东西：首先，就是写，发挥你的想象，用笔尽可能快地跟着它，坚持这样做，直到其成为第二本能。接下来，锻炼你的观察能力，毫无疑问，大多数人会发现，出现在你小说里的事，你都会回头再看一下，而且比你以前看得要更仔细。如果一件事、一个人或一个地方在你的写作中显得不真实，那么它、他或她根本不在那里。写作全部的意义就在于把人、物、地方如实呈现出来，为你的读者做一个记录。所以，你的小说中的每一页都将是一个新的观察练习，很快，我们希望，你就能发展出某种接近照相术的观察能力。

也许你担心故事情节，怎样才能发展下去，小说毕竟有篇幅要求。这个真的比你想的要简单。一旦你开了头，它就会创造自己，会替你思想，我毫不怀疑你们中的某些人会发现自己几乎停不下来了。人物有自己的逻辑，引领你进入各种情节和出人意料的发展。你唯一需要做的就是让它生长，好像一只反常的大葫芦，停都停不住，你用笔跟着它就行，并不需要想得太过超前。

在你开始之前，有一个技术上的建议：小说必须有章节，章节长短由你决定。如果你愿意，几页也成。分章让你很容易做到每次都把注意力集中在行动的一个阶段，或者每次都集中在一个事件上。这也意味着可以用你的故事中最有趣的一部分组成整部小说。必要但无聊的交代可以略过，只在下一章的开头略表两句。比如章节可以这样开头："威利·威瑟尔奇克斯在接下来的三个星期躺在床上，从惊吓中恢复，每天早上母亲都会端来热咖啡和一只水煮蛋，午饭时间送来午饭，带走冷咖啡和不新鲜的水煮蛋，他根本就没动过，他不吃是因为受到那次惊吓，他受不了咖啡，看到水煮蛋就浑身冒冷汗。但他妈妈不知道，因此接下来的日子，每天早上都给他端来相同的东西，直到第四周的星期一，她没端来咖啡和水煮蛋了，而是带来一封电报……"你瞧，有了电报里的消息，事情就重新启动了。

一开始，你只需要记住两件事。不管故事把你带到哪里，不要害怕，睁开双眼，竖起耳朵：看一切，听一切，并写出来。

所有的故事中，最好的开头是你自己亲手写的开头，对于那些觉得开头很难的人，下面是几个开头的例子。

动　物

从那天下午三点开始算，它吃了六个鸡蛋、一磅火腿肠、一只拖鞋和一张小号的绵羊皮毯子。现在，她要解决这个问题。她会给它点东西，让它安静下来，睡过去，用一顿大餐让它停止抓挠吵闹。

安娜贝尔把圣诞节布丁藏在一块毛巾下，以防有人看到会问，为什么这么晚还在房子里乱跑，然后她沿着楼梯往上爬。她贴近墙走，因为靠近扶手一侧的话，每踏上一级，楼梯都会咯吱作响，像老鼠。时间早已过了午夜。她跟鬼一样，差点把自己都吓到了，悄悄摸过父母的卧室，进了她自己的房间。房门在身后关上，发出一声尖锐的啪嗒。

她啪的一声打开灯，跪在床边，从床下拉出一个边角磨损的旧盒子，打开。

“嘘！”她冲着一只鳄鱼那绿油油的头示意，鳄鱼眼像吸凹了的果味口香糖，尾巴直立，蛇一般的脖子冲着她，叫声如小狗。为了让这个家伙别出声，她把毛巾一掀，扔在一边，把布丁放在盒子里。

然后就是呼哧呼哧咕噜咕噜噗噗噗的声音，她又嘘了一声。但它根本听不到了，在吞食那块又硬又黑，还没有热过的圣诞节布丁，连带标签，什么都吃下去了，她坐在一旁，眼泪都要掉下来了。该拿它怎么办呢？怎样才能把它喂饱呢？

“从下午三点到现在，你已经长了差不多六英寸。”她难过地喃喃自语。

越　狱

他咚的一声落在墙根下，身体蜷伏。一切正常。他侧耳细听，感到紧缩的耳朵在头上动，尽力获取墙头上卫兵的声音。声息全无。他们听到他的声音了吗？也许他们正往下看，盯着他瞄准呢。他等着，一动不动，眼睛眯起来，好像这会让他作为目标显得更小一些似的。

他选了一个无月之夜，但星光比预期的要亮。在他和半英里外那座黑沉沉的林子之间的大片空地，看起来仿佛灯光球场。抬头，可以看到机枪位下面突出的扶墙剪影。更远处，虽然看不到，却知道墙后是一片场地，有探照灯扫射，每一个角落都不放过，每条铺着煤渣的路都被一寸一寸抚过。他一路躲过了探照灯，但现在，一个不小心，灯光便会刷的一声扫过来，把逃出牢狱的他罩住，暴露给机枪手。

他紧贴着墙，屏住呼吸，有脚步声在墙头缓缓地随意走动。他想到了蜘蛛，安全地藏在墙壁的夹缝中。

脚步在他上方停下了。他听到哨兵低沉的嗓音。

新　家

窗帘还没拉上，她站在房前的窗户里，透过光秃秃的玻璃往外看。景色和她习惯的完全不同。她拿不准是否要喜欢这景色。她过去的生活，她的老朋友，都在英格兰遥远的另一边。这里她谁也不认识，是一个陌生人，新来者。她也拿不准是否要喜欢这房子，阁楼上了锁，老式地窖里满是别人扔下的生锈发霉的垃圾，光秃秃的地板，散发回声的楼梯……因为地毯还没有铺。

她妈妈进了房间，把她从梦中惊醒。

“要一些图钉。给你一先令，去找家店。快点，我们要赶紧把卧室收拾好。”

于是她发现自己来到大街上。生活会怎么样呢？她的新朋友都在哪里？

不过首先，店铺在哪儿？

某种人

我弟弟一直在叫喊，不过我没有在意。一早上他都在叫喊，自己在岩石之间乱走，嚷嚷着让我过去，一等我过去，他就用看白痴的眼神看着我说：“你想干什么？”所以我现在没管他，继续找贝壳。每一道浪从鹅卵石间退去，我都会去看，因为贝壳最好找的地方就在碎浪之下。

我不知道是什么让我抬起了头。也许是我弟弟不嚷嚷了吧。寂静让我抬起了头。当我目光搜寻他去了哪里，我大叫起来。三个穿一身黑的小个子不知道从哪里出现，正拖着他朝悬崖那边走去。他们真的很矮，有某种奇怪的笨拙感，我起初以为他们是大猩猩呢。我朝他们跑过去，看到他们的裤袋、靴子还有胡子。他们是人，不知哪里来的人。

“站住，站住，放开他!”我大叫。

他们听到我的声音，把他从地上抬起来，撒腿就跑，跳过一块块石头，而我追着他们，磕磕绊绊的，踢痛了我的胫骨，还有五十码就要追上的时候，他们四个忽然消失在悬崖底下的一个裂缝里。我追到那里，大口喘气，喊“丹尼斯，丹尼斯”，希望他能听到，回答我。你看，我以为裂缝是某个岩洞的入口。我错了。裂缝只有四英尺深，里面是坚硬的石壁。空空如也。

山的另外一边

“我们跑掉了。”

“他们再也追不上了。”

“我们不发财就不回去。”

他们仨坐在山顶，看着山下的市镇，一个黑暗的散发恶臭的坑，那里，初上的灯闪烁着，好像篝火余烬的琥珀色。他们已经跑了一英里多。这时躺在山顶的另外一边。

不管怎样，布莱恩心里有底。尽管他的腿细得跟红雀一样，他的眼镜片后硕大的脑袋好像牡蛎壳，他把一切都计划好了。他知道什么根茎叶子可以食用，哪些能让你像案板上的鳕鱼那样挺尸。他认得星座，在夜里也能辨明方向。他说他懂得怎样用木棍摩擦取火，用什么样的木头。他在书里读过怎样凿独木舟，用小火从木头中间烧洞。另外两个，博特和布拉德纳特对他寄予完全的信任。

“我们什么时候吃饭?”博特问，“我们必须保持体力。”

他带了奶酪和一罐猪舌。布拉德纳特有一袋红枣和一根香蕉。布莱恩什么都没带。

“吃饭?”布莱恩生气地说，“吃饭？今晚我们得继续赶路。他们十一点就会追出来。到明天早上，我们必须走得够远。安全了，然后我们再吃。我们得打猎。”

布拉德纳特摩挲着口袋里的先令。他已经有点后悔没带个肉饼出来。

“走吧。”布莱恩站起来。另外两个也站起来。布莱恩抬头看天，星星还没出来。他率先朝着市镇相反的方向走去。

一个故事的故事

从前有一个故事

它在开始之前
便已结束
在结束之后
才刚开始

主人公死后
才进入故事

在他们出生之前
才离开

主人公说起
别的天空和世界
他们什么都说

唯一没说的
是他们不知道的事实
也就是他们只是故事里的人物

来自一个开始之前
就已结束

结束之后
才开始的故事

瓦斯科·波帕
（安·佩宁顿　英译）

第七章

写小说：发展

写小说并没有唯一正确的方法，如果非得说有，那就是，让你的故事有趣。说来容易，但怎样才能让你的写作有趣呢？毫不奇怪，全世界成千上万的写作者都想找到这个办法，怎样才能使他们的写作有趣。

这个问题的答案是，要想写得有趣，你必须写真正让你觉得有趣的东西。这是一个确凿无疑的规律。

一个作家对人及其所作所为的一切细节感兴趣，然后小说里才会布满一段段的对话，描写人物才会仔细，让他们的感情、希望和恐惧跃然纸上，让读者在这些描写中体会到他的激动。不论作家落笔的时候有什么样的感情，读者在阅读时都能感受到这样的感情。如果还是这个作家，写一些他个人都觉得灰暗无聊的东西，那么他的写作也会变得灰暗无聊。比如，一群大老鼠的进攻可以写得很有意思。不过要写得有趣，你必须有一位对大老鼠感兴趣的作家，但不是所有的作家都感兴趣。话说回来，有足够多的作家对人和大老鼠都感兴趣，所以可以把两者都写得趣味盎然，他喜欢的对象也可以是很多别的东西。但每位作家的真正兴趣，在某个特定时期的范围内都是有限的，如果他想超过这个范围，就会写得淡而无味，好像水龙头的热水给关掉了，只有冷水还在流。

当你写一部小说，或者一个纷繁复杂的长篇的时候，你时常在想，接下来该怎么发展，偶尔还会有难以为继的时刻——你枯竭了，耗光了想法。这是长篇作者遭遇的最普遍的困难。即便他们是那类事先规划好所有的情节的作家，有时候也无法避免停顿，计划中下一步要写的事件就是发展不下去，活不起来，怎么都不对，卡住了。这表明故事发展到他们的兴趣范围之外了，引诱他们跨越边界，来到了一个他们对之没有感受的荒野。这就好像大脑在说："我们对此无话可说，我们对它一无所知，一无所感，它让我们厌倦。"现在，假设你们都能来到这一节点。你敲打自己的头。下一步怎么写？去哪里找新的想法？这是个重要的问题。你的下一个想法从何而出？

你坐在那儿，感到无聊。忽然一个隐约的想法出现在你的脑海里，你想到一本读过的书——一下子就被别人的书所给出的提示裹挟而去了。这很普遍，但却是致命的。这很普遍，是因为别人已经写过的东西很容易重写，难做的事已经被别人扫清了，仿佛不必咀嚼的食物。但正如我所说，这是致命的。说致命，是因为你不再是从你自己的激动，从你自己的经验和兴趣获取素材，而仅仅端上了别人的残羹冷炙。你的写作变得无趣，你内心深处在怀疑，还有没有继续的必要。

所以，要小心。当你坐在那儿咬笔头，毫无进展，不知道下一步会发生什么的时候，不要欺骗自己而急着去使用你读过的东西。那么，下一步到底该如何发展呢？

我说过你必须只写真正让你感兴趣的东西。但你回答说，你对太多的东西感兴趣了，而这并没有让事情变得更容易写。这是因为大部分你所说的兴趣只不过是感情不深的兴趣，而不是真正的兴趣。怎么才能知道两者的区别呢？两者的区别是什么呢？

我们刚一出生，就对一件东西有真正的兴趣，那就是食物。下一个兴趣，虽然相对小一点，但也是真正的兴趣，亦即温暖。两者都是真正的兴趣，因为我们的生命与其捆绑在一起。如果没有吃的，我们就号哭，最后会死。如果太冷，我们就号哭，最后，如果没人干预，那么我们也会死。这些都是你数得上的激烈的兴趣。在那个年龄，我们没有漫不经心的兴趣。

当我们年满六个月，兴趣就有发展了。我们最大的、真正的兴趣还是吃和温暖。但现在我们还有几样不那么关键的兴趣，比如光。母亲和父亲的脸，我们盯着，它们一出现我们就笑。但也就这些了。我们对它们有一点好奇。它们一从眼前消失，我们就忘了，又返回到真正的兴趣上来，也就是食物和温暖。

把这些和我们十岁左右的兴趣比较一下吧。食物，当然，温暖，对它们的兴趣一如既往，但到了现在，我们对父母脸庞的兴趣已经不是随意的了，而是真正的，它和我们的整个生命发生了关联，这两位重要人物的其他方面也一样。我们的情感和他们纠缠太深，无法分割。起初对光的随意性的兴趣，已经成了无比复杂的对周围万事万物的兴趣，与此同时，和其他纷起的兴趣纠缠在一起，比如对某些人、某些地方、某些感官的快乐，以及某些责任。到了现在，我们有了很多真正的兴趣，其中很多变成了我们的一部分，无法想象没有它们生活会变成什么样子，也无法承受失去它们的后果。同时，我们又有了另外一些随意性的兴趣，让我们好奇，出现了想进一步探索的东西，每周都会有一些新的，当我们凑近看得更仔细，就会发现这些随意性的兴趣仿佛蓓蕾，其中一个真正的兴趣兴许最终会发芽成长。把这个随意性的兴趣发展下去，探索它，觉得越来越迷人，知道的更多，情感就和它发生了关联，它就在我们体内生根了。我们觉得对它有所了解了，它也开始和我们其他的知识发生关联，很快，它就和我们的生命深深交缠在一起了，当别人提到它我们甚至会感到一点轻微的怨恨。所以，一开始是一个随意性的兴趣，后来变成了真正的兴趣。这种事情随时随地，常常发生，我们就是如此成长的。就是这样子，我们认识到了人、地方、技巧和事实。这些真正的兴趣，这些你有了私人感情和真实经验的事情，是你唯一可以写作的东西。

因此，在写作中，你必须把那些你只是好奇的事情——上星期听过的，昨天读到的，等等——和生命中最深沉的部分区分开来。相对其他人，有些人对此更擅长一些。一个有趣的作家和一个迷人的作家之间的区别在于，迷人的作家对真正令他激动的东西有更好的嗅觉，更迫近的距离，对体内真正有生气的东西有更好的直觉。差一点的作家也许看起来在很多方面更敏锐，但他在这件重要的事情上却敏锐度不够：他不能完全区分那些饱满的生命和只是一般饱满或空空的生命。他的写作不够生动，作为一个作家，他的活力差一些。在写作上，以及任何别的事情上，除了活泼的生命，别的都不重要。

但你也有长处，就是还很年轻。你越是年轻，越容易了解你真正喜欢什么，不喜欢什么，什么对你是重要的，什么对你不重要。当你年龄大点的时候，一千种考虑升起，事情就变得复杂了，也就越来越难区分活泼、半活泼以至于死物了，但对你来说，现下还很容易。所以，当你坐在那里，陷入完全的枯竭，钻进死胡同，敲打脑袋，沉闷无聊，寻找想法，诅咒这篇让你深陷的小说的时候，你可以问问自己："我接下来可以利用什么？"你并不是在解一道数学题。在这个故事中你有取悦自己的自由，所以你可以说："接下来能给什么点上一把火？哪一种真正的兴趣可以让我一头扎进去，释放自己？生命中的哪一部分是我死也要剥离的？"一有答案，就任你或多或少把它区别开来，让你的故事朝着那个方向发展。或者，你最希望发生什么？你一直都渴望着去哪里？你害怕什么——因为你的恐惧和爱一样深，一样具有启发性。

如果你在写一本要出版的书，事情也许没这么容易。你也许会受制于这样的担心，害怕狂野的想象会让某些人疯掉，害怕笔下的相关人等也许会从中认出自己，会起诉你求偿好几千镑。实际上，你是自由的，你可以选择任意的方向，只要你脑海里的火往那里燃烧。

你真正的兴趣是真正的情感的线索，如漂在龙虾罐上的浮标[①]，你要追求的就是那样的情感，因为正是那种活泼的情感，是我们其他人，你的读者，所感兴趣的。不管你听说些什么，事实还是如此，写作是感情投入而成的。使用词语的时候，你必须有思想和画面，因为词语就是思想和画面构成的。谱写音乐的时候，你必须使用音符和乐器。画画的时候，你必须使用颜料、画布或纸张。但这些都是死物，除非有感情流贯于其中才会活过来，而这感情来自你，不要以为它有个尽头。你愈是寻觅，发现愈多。

伟大的法国作家巴尔扎克写作的时候，经常会在房间里咆哮、嘀咕，浑身大汗淋漓。有一次，想到其中一个人物的苦闷，他用牙齿把床单撕得粉碎。你看，他给出了他的所有，虽然这并非唯一的方法。

① 龙虾罐一般放在海底，海面上有浮标可以定位。

第八章
见我家人

你的家人很令人讨厌吗？也许你和我的一位旧识差不多，他的生活被兄弟姐妹、叔伯姑姨、侄孙外甥给包围了。关于家人的问题是，你并没有选择他们，但是现在，你却什么都改变不了：你摆脱不了他们，不管喜欢他们还是不喜欢。而且他们似乎觉得可以做你的主，好像你是他们的宠物猫之类的东西。他们觉得有权利知道你所做的一切，如果他们不喜欢，就会说“打住吧”，然后开始给你提建议。他们可能是个麻烦。

话说回来，他们也许有趣得无以复加呢，对一个作家来说，没有什么比他的家人更重要，更有趣的了。为什么呢？

所有的作家都会同意，你不能写你对其没有感情的事。除非什么东西让你激动，感兴趣，或者深深卷入你的生活当中，否则你对它是无话可说的。词语冒不上来。除非你天赋异禀，否则你在世上不会有比你对家人了解更多的人了，你和其他人和事的情感联系不可能比家人更紧密。相应地，大多数作家都会发现关于家人有很多可说的。我们对家人的这种情感并非是固定在几个特定的人身上牢不可变的。这就是情感的特殊性之一。如果我们和兄弟关系很好，就会被那些让我们联想到兄弟的男孩或男人所吸引，和他们交朋友，并开始感觉到，这个新的友谊某种程度上可以重燃我们只对兄弟才有的感情。同样，如果你是一个作家，创造了一个让你联想到兄弟的人物，那么你对兄弟的旧有感情就会流到这个人物身上，给他注入生命。有些伟大的作家就是这样写成他们最好的作品的，在想象中重新编排他们的家人，当然了，给他们安了不同的名字，赋予不同的外貌。

这并非总是很容易的事。我们对家人的感情，特别是对父亲母亲，太复杂，太深刻，对一个作家来说也许很难去处理，他也许觉得很难开口。我在写下面这些有关家人的诗的时候，发现几乎不可能去写我的妈妈。是，这些人并非我真正的亲人，他们是我所创造的家庭成员。即便如此，在创造一个母亲的角色的时候，我发现几乎不可能用我这首诗的风格去写这样一个人物。我卡住了。我对于母亲的感觉，你知道，肯定太过复杂，不容易行诸文辞。最后，我写出了一首自己很不满意的诗。和这个形成鲜明对比的是，我发现写我虚构的哥哥的诗很容易。我的确有一个哥哥，我和他关系一直很好。他不像我诗中的人物，名字不叫博特，虽然他在房间里用笼子豢养小动物，但从来没养过比刺猬更大的动物。据我所知，他也从来没有把老鼠塞在衬衫里去上学。做这事的是别人。然而，当我在诗中创造这个叫博特的哥哥的时候，发现这很容易，他立刻便活蹦乱跳了。很明显，我对哥哥的情感很深，很强烈，很容易写。如果你创造另外的家人，你也许会有相反的感觉：你也许会发现自己卡在这个兄弟身上，但满纸说的却是母亲。下面就是这首关于我哥哥博特的诗：

我哥哥博特

我哥哥博特的爱好是养宠物，
他上学时常在衬衫里兜一只老鼠。

他的爱好，爱好嘛总归如此，
就是养，养，养，直到一天——

哦，不要出声，假装你只字未闻。
一件恐怖的事情发生了——

一想到这事我便无法高兴：
博特带回家一头巨大的猩猩！

如果你觉得这闹剧没有什么，
那么再加上它和棕熊吵架该又如何？

你还觉得自己能够保持冷静？
那么床底钻出一只狮子该怎么反应？

还有四头鸵鸟在他房间
橱柜里，下的和足球差不多大小的蛋，

食蚁兽从他的下层抽屉钻出，
全都翩翩起舞，嚎叫声此起彼伏？

那么欢呼雀跃的穿山甲，
从墙纸后的巢穴钻出来又能算啥？

大约五十只蝙蝠，破帽一样
挂在他的衣帽架上，

好冲动的鸭嘴兽跳出鞋盒子，
连同那虎猫、丛林猫一起，

袋熊、巨大的鞭蝎、壁虎、丁格犬——
它们喧闹起来，撼动整个房屋咋办？

别忘了还有袋狸
探头探脑，在他磨破的旧靴子里。

多可怕的一天哪，
更别提，哦，邻居会说些个啥！

如果你的亲属让你厌烦，那么重新创造他们会是一件有趣的事。也是一个小小的报复，谁让他们那么讨厌呢。毕竟，这样的事大家都免不了，时时刻刻都在发生。由于亲属在生活中占据很牢固的位置，我们总是把他们包裹在幻想里加以期待，也许有时候意识不到。我的一个叔叔是木匠，总会做一些怪怪的小玩具、小饰品之类的木工。这就是我写下面这首关于我叔叔丹的诗的唯一线索：

我的叔叔丹

我的叔叔丹是个发明家，不错，你或许觉得，
你也许希望他是你叔叔，而不是我的——
如果愿意，他可以做一只摔到地上反跳的表，
他可以做一架直升机，只用绳子和瓶盖等材料，
也可以做任何东西，你在商店里都买不到。

不过丹叔叔异想天开：
用来喝姜汁啤酒的无底玻璃杯，
对树木比较安全的平齿锯，
给一场拼字游戏发明的特殊词语，
(比如濑恩色仑箍特喻葛德儿)，
或者，能卷起来的橡皮梯，
神秘的馅饼，你咬它它就咬你——

都是我叔叔丹发明的东西。

我的叔叔丹坐在他的窝里整天发明。
目光在发须丛里打转像干草堆里老鼠的眼睛。
他是否在做不需脚也能走路的鞋子？
能把你遇见的大象一下子变小的缩微剂？
一把从空气中割出做好的、即食排骨的刀子？

不，不，他还有其他发明——
只不过是完全无用的发明：
不用玻璃的窗户（永远不碎），
能把地震治好的药剂，
螺丝拧紧泼不出水的杯子，
既不能下也不能上的梯子，
画在墙上的门，一推就开——
丹叔叔发明了所有这些。

在这个叔叔之外，或者除了他，我还有几个叔叔排着队地等我写。一个真的叔叔可以提供无限量的想象的叔叔，每位都不一样。我的这位叔叔是个强壮的人。以前他能用中指的指背把六英寸的钉子折弯。还有，在我小的时候，他给我造了一艘诺亚方舟。他还会玩好几个魔法游戏。只需要一点点的想象，我立马便有了好几个叔叔：世上最强壮的男人，或者伟大的摔跤手，却被一只挑战的螳螂打败。

这样联想下去，就有了一个叔叔叫诺亚。然后，大洪水来临的时候，我叔叔做了什么，还有我的消防员叔叔。另外，那个魔术师叔叔，咒语念得不对，结果灾难发生了。还有一个叔叔，他是世上最大的傻瓜。在我想写的时候，这些叔叔都是很好的可以入诗的对象，他们全是我的那位真叔叔引发出来的虚构。

如果你没有叔叔，那也不要紧。实际上，也许这更容易些。如果你没有叔叔，你的想象就有了意愿去创造一个出来。比如，我从来没见过我爷爷和我外公。我常常好奇他们是什么样的人。假如其中一位是捉猫头鹰的，会怎么样呢：

我爷爷

事情是这样，事情是这样——
给我们做帽子的人是帽子匠，
因嚎叫出名的人是个嚎叫匠——
我爷爷捉猫头鹰，是的，我爷爷是猫头鹰匠。

虽然猫头鹰，唉，时髦期过了，
爷爷还是忙得那个不亦乐乎，
把掉进陷阱的每只猫头鹰都藏好：
“总有一天，”他说，“也许有人会要。”

“猫头鹰是智者，”他说，“我猜
听猫头鹰叫能让世界聪明起来。”
他的房子彻夜被猫头鹰的叫声震动，
一醒来发现袜子靴子都钻了猫头鹰。

猫头鹰，猫头鹰，只有猫头鹰，
禽鸟中最为奇幻瑰丽的那一种；
北极的白猫头鹰，热带的黑猫头鹰。
有些是远视，有些是近视。

画框框着猫头鹰，椅子坐着猫头鹰，
一个个在楼梯上排排队的猫头鹰。
眸子，眸子，一排排猫头鹰的眸子。
有的大如牧羊犬的眼，有的小如拇指。

他深入非洲腹地，远赴西藏高原，
旅行时带着橡胶鼠和猫头鹰的笼编；
最稀罕的猫头鹰，怀疑心最重的
会扑打老鼠，爪子死死抓着鸟笼。

“不管你问啥，猫头鹰肯定都知晓，”
我爷爷骄傲地说，“怎么证明他知道？
他呀，睡了又想，想了又睡——
发出一声恐怖的呜呜，眨巴眼睛！”

当然，很容易就能凭空虚构一个家人出来。你没有必要四下搜求线索。我曾绞尽脑汁，想从我对父亲的回忆中找出写作下面这首诗的线索。也许我是从别人的父亲得来的暗示而有了启发，也说不定。我不知道他是怎么来的，不过这就是他：

我父亲

有些父亲在办公室工作，有些在商场，
有些开着吊车，建出高楼大厦的盛况。
有些在罐头厂，做点青豆装罐的活儿。
有些彻夜开着巨大的、轰鸣的垃圾车。

但我父亲的工作是最奇怪的
他是什么什么的总检察官——
哦，别告诉老鼠，别告诉鼹鼠，
我的父亲是洞洞总检察官。

这是最重要的工作，因为你根本不知
洞里会有啥，什么可怕的东西钻出地底。
也许洞深通海，很快就将有洪水喷出，
也许通向一道遍地金子和骷髅的大峡谷。

洞里也许啥都没有，除了尘土，

但总得要有人去弄个清楚。
山里的岩洞，墙壁上的裂缝，
我父亲必须一个个全都门儿清。

路上的裂缝看来无害。我爸知道并非如此。
世界也许会分成两半，一切都从那里起始。
又或许世界是一只巨蛋，我们就住在蛋壳上，
而蛋马上就要开裂孵化：你根本无从预想。

如果你看到一道裂缝，快！去找电话，
我父亲知道，有没有什么补救办法。
不管是轰隆隆的洞，还是沉默不语的洞，
我父亲很快就会把一切置于控制之中。

为监控所有这些洞，他从早到晚忙个不停。
一个洞有行军的声音，另一个有闪烁的眼睛。
本来属于老鼠的洞穴，却有一根触须伸出，
地板倒塌了，外国人蜂拥而入，挤满了房子。

洞是一个无法预知的事——
没人知道一个洞会带来什么东西。
山里的岩洞，墙壁上的裂缝，
我父亲必须一个个检查肃清！

我不想让你觉得除了家人就没有什么可写的了。这些诗都属于玩笑性质的。诗人写诗的部分动因是取悦自己。最好的玩笑，当然，是关于真人真事的：没有必要非得幻想。最后这首诗写的是一个亦真亦幻的存在。你们都应听过叫作罗坷·奈斯的怪物，你们听说过，它并非真实的存在。有些人认为它是真的，有些人认为不是。罗坷·奈斯，你知道，出现于苏格兰。诗里的那些怪物远古时期已生活在地球上了，罗坷·奈斯似乎就是其后代。古时候，它曾被奉为女神，名为奈萨，所以很有趣的是，她现在还被称作奈斯儿。下面就是这首诗，奈斯儿自言自语，悲叹人们看到她总会显出完全不可思议的神情。

奈斯儿

不，不是大象，也不是螳螂。
形似汽水瓶，两只巨眼长在瓶盖上。

大如煤气桶，大得失控，
长着翅膀似的东西好像要让鲸鱼在水下快速飞行。

是我，我，我，怪物罗坷！
我若是神也是得体的那种，半人半马或大鳄！

我生错了时代，只好在黑暗中郁郁颓然，

其实我应该坐在摄政公园[1]的王座上统御苏格兰！

我也曾经是贵族——统治苏格兰列岛的梁龙[2]！
多脊齿龙向我求偶，绽开他惊人的十英尺长的笑容。

马可罗龙发誓要杀我，趁我尚未年老，
他所有的儿子都在附近，从他肩膀后龇牙而笑——

包括长锁龙、蛇颈龙、三齿龙以及鱼甲龙——
暴发户鳍龙！但我牢牢压他一头，完胜——

我在湖里[3]洗澡，时间太长，还没等到我洗完，
他就一个哈欠钻入化石，他那一帮子也都消失不见。

现在，我都不敢露头吸气，否则定然
有一堆游客叫喊着："看它的脖子，看它的篱笆剪！

哦，不，那是它的嘴巴。"跳个水也不好过，
他们会啧啧连声，"想想看！那家伙要还活着！

① 摄政公园（The Regent's Park），伦敦的御苑之一。
② 梁龙（Diplodocus），是辨识度最高的恐龙之一，体型巨大，一般认为是最长的恐龙。
③ 原文的 Loch 是盖尔语，字面意思是湖。

哎呀，我们只能拔营去加拿大，撒腿飞跑！
很幸运它只是一段原木，或湖床冒一个泡泡。

它是个事儿它什么都不是为什么不管是什么
就是那个我们认为我们看到的气球般膨大的丑家伙?”

因为我长得太过难看，这简直太美妙！
我是最大袋的羊杂布丁，苏格兰吃不了卖不掉！

我，我，我，罗坷的怪兽，
苏格兰最丑的女儿，七吨重的胡诌！

在黑泥床上，过着肮脏阴暗的日子，
从来没有一个动物学家对我的美着迷。

哦，哪里有漂亮的小伙子，勇敢不羁，
一路把我载到伦敦，宣扬我高贵的门第?

第九章 月球生物

土猫头鹰

月之怖

月之乐

月球内战

月球上的蜗牛

在月亮上的猎人

月亮啤酒花

毛地黄

地球或类星球上存在着数不尽的生物，但许多尚未被发现。我忘了地球每年有多少新物种被发现，不过肯定是一个很大的数字——当然，大部分都是很小的物种。

然而，这些地球或类星球上的物种的数量和奇异度，相比出没于我们头脑的物种就微不足道了，也许应该说出没于我们的梦中，或从梦中生发的世界，在我们头脑底层下更深的世界。你可以不承认，但这是事实，也就是说从我们的梦来的世界之一，看起来很像月亮。没有人到过那里，也许除了一两个脱颖而出的疯子。真的月亮在天上滚动，这让我们很安心，但是，同样多的证据表明，存在一个梦的月亮，因为它在我们头脑内部，所以对我们的影响比真月亮大得多，因此应该更多地考虑它。

我最近在这上面消磨了一些很有趣的时间，好像天文学家消磨在天文望远镜上的时间那么有趣。只不过天文学家可以研究天上很容易就能看到的月亮，而我却在研究梦的深处那个不容易见到的月亮。天文学家看到火山、沙漠等。过去，天文学家给所有这些现象命名，同样，我给那些在另一个月亮里看到的东西也进行了命名和描述。当然，我不想假装我看到的东西比一丁点多多少，我也绝对不是这个领域第一个探索者，但我看到的几个奇异之处确实是别人似乎还没有记录过的。

首先，有一种土猫头鹰。在我所说的这个特定的月亮上，有大量的贵金属和矿物质，深藏在岩石下，挖矿是主要的工业之一——和地球上的煤矿开采很像，只不过范围更广，挖掘更彻底。这些月矿里的矿工，他们的劳动经常会被一种在石头里飞的叫作土猫头鹰的鸟打断。下面就是我对这种鸟的了解。我填词押韵，玩出了下面这首诗：《土猫头鹰》。

土猫头鹰

地底极深极深
惊呆的月球矿工们
听这枚活着的导弹
飞速呼啸的声线，
这是他穿过地层，
撕出一道地底的
直布罗陀海峡时发出的，
他的弹翼尖锐无比，
铁矿之脉都阻挡不了——
他只需在头骨顶端
拧上一只新眼，

以高超的技巧打造，
形似一枚恐怖的钻头
顺着他的脖子旋转——
他的脊骨是纺锤体，
他的身体是把手，
他的翅翼是冲击力——
带起一团出膛的尘土，
火花迸溅、碎裂一片，
从矿井的岩壁撞出，
“艾克艾克”地嘶喊！
迎头相撞，
转眼不见。

这种动物我们知道算是安全无害的了，虽然它突然出现时的呼啸让人吓一跳。但月亮上确实有几个非常危险的物种，比如，数字。在地球上，我们所知道的数字是无害的、被动的。我们根本不会认为数字有生命。它们好像工具一样，躺在那里，等待着被使用。在月亮上，事情却相反。在那里，数字是真正的威胁。下面就是我知道的两三种最普通的物种，我称它们为《月之怖》。

月之怖

吃人的老虎大餐后会有某些迹象表露。

但月球老九的邪踪，什么都无法泄出。
没人知道它们饕餮之后去哪里大睡。
它们的扑袭太致命，没人知道是啥滋味。
独眼、独腿，它们从地上跃起，一咆哮，
那被选中的猎物，顿时眼珠子先掉了。
它们连一丝头发都不剩，咂巴着骨头，
完事后单腿跃起，更瘦更丑，空前绝后。

鲨鱼扯下游泳人的半拉身体，当点心。
月球上一个更可怕的捕食者，统御、君临。
来的是那令人恐惧的老七，没有预警，
它从星际降落，发出机床尖啸的回旋之声。
不管是猫头鹰还是大象，诗人还是科学家，
被他擦到，立马枯萎，化一团紫雾才罢。
来不及喊叫，或跟亲朋好友说一声再见，
便被那些饥肠辘辘的老七，狼吞虎咽。

蚊子似乎可怕吧，它们在人睡觉时吸血。
一个技巧远胜它的恐怖在月球上爬，没日没夜。
很难搞得清成为什么样的物种，才能脱离
月亮恐怖榜单上排行老三的动物的注意。
他以噩梦之形扑来，睡觉的人梦见自己被咬得
内脏外翻，像吸干的橘子，醒来后发现是真的。
甚至死后变成干枯的躯壳，他宝贵的内脏

还在喂养恶心的老三，不知钻在了什么地方。

但是，擅长捕猎大英雄的那个物种，
是能够飞翔的扼喉杀手，那个沉默的零。
幸运的是，它数量不多，也许只有一个。
传说中，它困意缱绻，盘在太阳上生活。
但月球英雄出现时，它飞临他的头顶盘旋。
他的敌人称它为日晕，朋友看到它吓得打战。
毫无疑问，哪怕他正当盛年，那个零蛋
缠住他的脖子，收紧，卷起他冲进日炎。

我必须坦白，月亮上的大部分东西，在某种程度上似乎都是危险的。比如，那里的音乐就和这里的完全不同。莎士比亚说“音乐那甜蜜的力量”①，他这样说是在暗示，那些胸心野蛮，无法被音乐抚慰的人不配有人陪伴。但月亮上的音乐不是为了抚慰人的。下面就是我知道的几件在那里常用的乐器所奏出的音乐。

月之乐

月球上的钢琴那么长
钢琴家必须有十五根指头才算灵光。

① 这句话出自《威尼斯商人》第5幕第1场。

月球上的小提琴那么狂野，
必须把它浸入深井，才似发不出音乐。

月球上巴松管吹出的不是音符
而是波浪的喉音里巨大的蓝色潜鸟缓缓扇翅飞走。

月球上的口琴是幽默的，
调子是德国麻疹[1]，只不过斑块更多。

月球上的小号你永远听不够
因为它把吹号的乐手吹胀，使他飘走好像气球。

月球上的低音提琴是个祸害好吧，
刚拉第一个音，黑色巨手翻覆而来，把视线内的一切带走。

月球上甚至三角铁也是危险无比，
叮的一下——你的头颅就灌了半瓶爱尔兰威士忌。

同样，小心长笛——
因为不管在哪儿，你父亲都会发现自己变成一只恶心的旧靴子。

---

① 亦即风疹。

总的来说，只敢敲一敲月球之鼓。
不管造成什么损害，在太空中都太遥远，永远传不过来。

月亮上的有些事情和地球很像，只不过或内外翻转，或上下颠倒。比如，那里也有内战。地球上内战很普遍。过去十五年，地球上的内战就没断过——有时候好几个内战在同时进行。但地球内战有个规律，就是比较短暂。月球内战似乎和月球本身一样历史悠久。下面就是我关于这场战争的记录，交战双方，他们使用的武器，还有他们的希望之寄托。

月球内战

老月亮上麻烦事够多了吧，
最麻烦的还数打不完的内战。

月阴国的士兵小小的，墩墩的。
哐当当似坦克，蓝色甲胄覆盖全身。
咔嗒咔嗒的甲胄下穿着石棉套衫，
就是把他扔到火山里也只若等闲。

他的武器是满满一袋子吸血蝙蝠，
（月亮上的战争既无规则也无裁判）

一只接着一只，被他投掷到敌阵。
它们飞回，装满一袋就送给后勤，
把血贮存起来，以备战斗中输血之需，
然后奔回主人的身边，恢复了勇气。

月阳国的士兵瘦瘦的，高高的。
浑身闪光似裸体，其实却是锡箔战袍。
他们是喜欢防守的战士，却很酷热——
他们的装备是电子火炬和捕龙虾的锅。
先用光柱闪那吸血蝙蝠的眼，让它发蒙，
然后用龙虾锅罩住它的头，套上缰绳。

他们渴望一场伟大的定鼎之战，捉住
月阴国里所孵化的每一只吸血蝙蝠。
然后他们将冲向慌乱无助的月阴国人，
用编针消灭他们，在月面上片甲不存。

除了战争场面，这是一个我们完全陌生的场景。另一方面，月球上的蜗牛却和地球上的一模一样——就是普通的那种蜗牛。它们有两个重要的区别：声音和体型。下面就是这首《月球上的蜗牛》。

月球上的蜗牛

月球上最悲哀的事情是蜗牛没有壳。
你想找他，得先听他的哀鸣，摧心折肺的，

听起来好像被什么东西给扎穿。
他奋力前进，那架势既严峻又缓慢。

他悲哀，又湿又冷，如一滴巨大的泪珠
嵌在薄薄的皮肤之间。他彷徨四顾，

寻找一个遮阳的地方——
因为第一道阳光就能将他融化，让他逃亡。

所以，他只能在月暗面移动不止，
肌肉的波浪翻滚，涎水横溢，

月球上根本没有一个车库装得下
这样一只蜗牛。他不是一般的庞大，

身体两侧相距有一英里多的纵深，
哪里能找到这么大的地方藏身。

他非常痛苦，尽力伸长他的潜望镜，
在月球黑暗的起伏中，摸索潜行。

他找遍了月球的每一寸土地。我猜
月表的银色，正是蜗牛的涎水的银白。

古怪得很，月亮上的事情往往是颠倒的。你会以为猎狐狸和地球上应该没有什么两样。当然，确实有不一样的可能性，但在月球上，这个可能性变成了现实。月球上狐狸占据上风，当它们想玩某种快乐的游戏，它们就打猎——不是猎狐狸，而是猎人。下面就是这首《在月亮上的猎人》。

在月亮上的猎人

在月亮上的猎人，充满恐怖的喧哗骚乱。
穿红马甲的狐狸，他们是自己的马和猎狗。
他们有非人之眼，哦，他们的野蛮打破一切界限。

他们碰面时大肆吹嘘，嘴都笑裂到耳朵边。
首先，他们爱好社交，互相展示长牙和勇气。
假装这只是一场游戏，无关乎死亡及其开场白——
眼泪。

呜！他们冲出，尾巴齐刷刷的节奏透出邪恶。

说实话，他们是嗜杀的、看起来堕落无耻的一群。
呼哧着到了田野，一个散步的乡绅抬头看到他们
　嗒嗒嗒小步冲来。

汗珠子凝结在他的额头，大腿上汗毛炸起。
嘴唇扭曲、舌头干燥如拂尘、泪从眼睛里倾出。
胃囊扭转如一条大蛇，吓得片刻失神，不知所措。

“吼吼！”狐狸齐声呼啸。
“那个乡下贵族，绅士，威胁我们的，就是他！”
爪子刨起尘土飞溅，乡绅开始毫无希望地奔逃。

但在如此凶残的动物面前，那个可怜人有什么机会？
五头狐狸抓脚踝，一头抓鼻子，十头抓胳膊，他惨
　叫倒地。
太恐怖，太恐怖，哦，太恐怖！

看起来月亮从地球上拷贝了很多东西，不过拷贝得不大准确，往往出错。从根茎发芽生长的东西却有腿，能跑，等等，不一而足。

有一种月亮啤酒花。啤酒花你知道，是种植出来做啤酒用的。但在月亮上却不大一样。它们看起来和地球上的基本相同，长长的叶藤，但不是在架子上有序生长，完全不是。关于它们没太多可说的，不过我记下了几个要点。

月亮啤酒花

月亮上的啤酒花令人讨厌，是一个威胁。
从一座山头跳到另一座，毫无希望，绝不停歇，
没人知道它们在找啥，只是跳啊跳啊，跳到惨跌，
嘚嘚嘚，嗒嗒嗒，擦擦擦，最后哗哗倒地，荚壳迸裂。

最后说一下毛地黄。这里提到的只是我记录的一小部分，但我不想滥用你的轻信。地球上的毛地黄，当然是一种很漂亮的野生花——高耸的茎秆，紫红的喇叭上分布着斑点。在月亮上，不是这样的。在月亮上，到现在你也不会惊讶了吧，毛地黄可能根本不是一种花。很难说它们是什么，从来没人见过它们。它们只留下印迹。下面就是它们怎么运作的《毛地黄》。

毛地黄

月球上的毛地黄只在黑洞里生长。
它们只在月暗面出来，一浪一浪，
汹涌穿过月球之城，哪里有裂缝钻哪里，
溜进房子，叮叮当当的，打翻钱币，
弄皱便条，把整齐的刀叉重新摆列一番，
把手伸入鱼缸，拨弄那些金鱼，

用拇指从镜子边翻页，戳一戳睡梦中人，
大笑中突然消失于远方，留下房里
依稀的五叶地锦的味道。

词语和经验

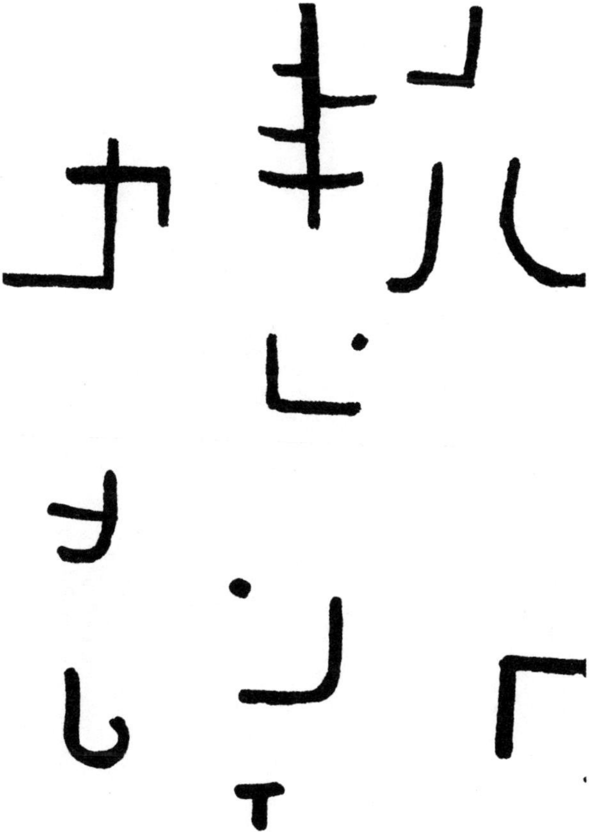

坐在椅子上够简单吧，似乎没有说些什么的必要。看一架飞机掠过天空，一只乌鸦飞往相反的方向，也足够简单，还是觉得没有说什么的必要。读一封来自世界另一边的信，然后根据要求向附近的某个人收债，这也许不那么简单，但也没有说什么的必要。在迈步之前，我们不需要仔细地为自己描述每一步。词语不须介入其中。我们对整体，以及处理它的可能的方法有一个想象，然后选择看起来最好的办法施行。我们的想象依靠场景、事物、小故事和人们的感情运作。如果我们要想象某人针对我们的言行会做出怎样的反应，那么我们首先得想象他们会有什么感受。一般的规律是，我们知道他们会有怎样的感受，对此我们相当自信。当然，也许我们会错得厉害，但至少我们从未怀疑这个事实，亦即他们的感受才是最重要的。我们思考时可以脑子里一个词都不用。很多人，也许我们大部分人，的确始终都在用词语思考，在脑海里维持了一个永远进行着的评论，或一段对话，关于一切进入我们注意力范围的东西，或我们思维深层的东西。但这并非必要。用无声的图像或模糊的感觉来思考的人也可以做得很好。也许他们做得更好。比如，想一下谁可以从福音书的阅读中获益更多吧：逐字逐句讨论，对每个矛盾都加以论辩，每处模糊都加以质问，每个荒唐之处都进行挑战的人。还是这样一个人，他想象自己站在那个妇女附近，她触摸耶稣基督的衣服，基督转身而去，想象这个场景吧，哪怕只有几秒钟，都会有全副现实的震动。

我们所有对于生活的经验大抵如此：生活的实体，它的物质的一面，在我们内部嵌入了一条漫长的通向词语世界的道路。只有当我们去为某些看起来非常简单的经验寻找词语的时候，才开始认识到，我们对周边或内部发生的事情的理解，和我们掌握的用以描述此种理解的词语，两者之间有着多么巨大的鸿沟。

词语是工具，需要经过后天艰难的学习，而且很容易就忘掉了，我们企图用词语给我们的经验赋予一个外在的、多多少少永久的形状。从某种程度上看，这些词语是非自然的，对其处理的对象来说远非是理想的。首先，一个词语有确定的几个含义。一个词语是自身含义的小小的太阳系。但我们却想用它来部分地装载我们自己的意义、我们经验的意义，而我们经验的意义，最终来说，是深不可测的，它一直抵达我们的脚趾，再上溯至我们出生之前，一直到原子，在此过程中，满是模糊的阴影和变化的形状，包括没有任何表述能够捕获的元素。事实是，甚至是最简单的经验都是如此。

例如，刚才说的乌鸦在一架飞机之下朝相反方向飞去，是一个简单的视象——怎样描述它呢？先别说飞机、天空、下方世界和我们自己的关切——怎样才能言说我们所看到的乌鸦的飞行呢？说乌鸦有目的地飞，沉重地飞，吵闹地飞，或如此这般，全都不够。没有词语能捕获乌鸦的飞翔之中无限深的乌鸦性。我们只能用一个词语作为标识，或一组词作为一般的方向。但乌鸦飞翔所蕴含的不祥之兆，毫不掩饰的强盗习气，衣衫褴褛的吉卜赛乞丐风，翅膀往下扇的摩擦、挤压以及轻微的笨拙，好像翅膀太沉重同时又太有力，以及对快乐的不假思索的渴望，哑剧中食尸鬼的鬼气森森，殡仪员的油光滑亮——你可以用诸如此类的词语尽情描述，一直不停，但还是无法完全企及乌鸦翅膀扇动的那一刹那你对其一瞥之下所获得的理解的鲜活。你一抬头间看到的乌鸦飞翔，对比那种鲜活，任何描述都立刻变成了垃圾，哪怕填满了一整本书。

虽然如此，还是有比乌鸦更重要的事情可以说上一说。但这个例子说明了，词语会把我们希望说的东西掩盖起来，哪怕是最简单的东西。在某种程度上，文字一直不断地试图取代我们的经验。词语周流遍布，连同消化了词语的词典，比我们的经验所涉及的、未经加工的生活更有力、更饱满，就此而言，它们确实取代了我们的经验。

不过，关于词语的任性，我们暂且谈到这里。那么，我们的经验本身呢？我们企图把经验付诸词语——经验是那么容易把握的吗？也许这样说来显得奇怪，但我们真的知道什么是我们所能确知的吗？

不久前，有一个流浪汉到我家门口来要钱。我给了他一点东西，看着他走开。看着一个流浪汉走开，应该算是一个足够简单的经验了。但怎样描述我的所见呢？和上述乌鸦的例子一样，词语忽然变得捉襟见肘了。仅仅说“流浪汉走开”，或“流浪汉走开，他踅摸的样子，像是希望以最快的速度赶到最近的街角似的”，都是不够的。在平常的描述性写作中，这样的句子就足够了，因为它很简单，作家必须节约用时，假如他把流浪汉走开的动作展开，把一切所见都写出来，那么他永远都走不到下一步，因为没有地方，写不下了，一个动作就够他写一整本传记了。即使这样写了，和乌鸦的例子一样，还是抓不住最重要的因素：他所见到的，一刹那所看到和理解的东西，堪比一千伏电击，而且是独一份儿，那照亮万物、深入骨髓的东西，若是用语言描摹，便只能在纸上涂涂写写，勉强力透纸背就不错了。

从一个人的行走，到底能看到什么？我刚才暗示过，我们看到一切，看到一整本传记。我相信这说法在某种程度上是对的。我们是怎样做到的呢，谁知道。也许我们内部有某种直觉的、无意识的拟态之能，一瞥之下就把那人塑造出来了，我们对其模仿太过逼真，甚至能感其所感，把握他走路做事的姿态的全部独特性。也许还有更多的诀窍，但不管其中是什么机制，我们得到了某种信息，这是可以肯定的。

得到信息是一回事，意识到它，明白我们已经得到了它，是另一回事。我们的大脑有许多大厦，大部分的门都是锁着的，钥匙在门内。和人第一次见面，我们通常就会获取某个主印象，喜欢还是不喜欢，信任还是不信任，现实的还是人为的，或者某种鲜明的东西，我们无法用一个短语固定下来，因为这短语只能是临时的、模糊的。就好像鱼背上的鳍，鱼在黑暗的池塘里游动，我们只能看到鳍，看不到鱼，更不用说把它钩住，钓出水面。通常我们都是做不到的，有时候我们做到了。有人有这个天分，总能做到。

我记得在哪里读过，小说家贝茨[①]有一个习惯，他会给他见到的，或和他会面的人写一篇短平快的传记或奇遇记，如果他们激发了他的想象的话。所记录的幻想，有一些被用到他的小说里了。随着时间流逝，他发现所谓的幻想，有时候却是原原本本的、准确的、对他所见之人的生活的讲述。奇怪的是，他初次落笔之时，以为都只是想象，全是他编的。也就是说，他只是看一眼——在尚未辨认出所见为何之际，已经不知怎么获得了准确的信息、详细的细节。他后来只是发现了本已在脑海里存在的东西，只不过当时还未作标记罢了。

瑞士伟大的精神分析学家荣格在自传里写到了类似的经验。在一场对话中，他想阐明一个观点，为了说明问题，他虚构了一个人物，置其于一个虚假的情境中，描述他可

① 贝茨（H. E. Bates，1905—1974），英国小说家。

能会采取的行动——所有这些都只是为了解释他的观点。和他对话的人，一个他从未见过的人，变得非常沮丧，荣格不理解为什么，直到后来，才知道他发明的小故事实际上是那人私人生活的一个详细而具体的讲述。不知怎么的，在他们谈话期间，荣格耳朵听到了——心里却没意识到。在他想编写一个他想要的故事的时候，就去想象中寻找令人惊奇的素材，就这样，发现了它。

假如这两个人没有以即兴的方式编故事的经历，假如他们不是后来在偶然的机会才发现，对其完全是想象的东西从某种程度上变成了客观事实，那么，他们就不会意识到，自己其实已经知道了这个事实。两个人都没有认识到他们各自已有的经验。两个人都不知道，其实他们已然知晓。

有记录声称，有些人具备在这种情况下辨识其自身经验的天赋。有时候，第一眼看到陌生人，他们即能在几秒钟内看到他的整个生活，过电影似的，以清晰的图像展开。此刻，他们什么都做不了。很简单，他们看到了，而且立刻就明白，他们所看到的，正是眼前这个人。荣格和贝茨看到了，但是没有意识到——他们是在一种奇怪的方式下看到的，亦即强迫自己在现场写故事。我相信我们都在某种程度上有这种接收能力、这种经验。

还有一些人不仅有能力辨识自己的此类经验，而且还能辨识某物的前世今生。这种人被称作心理测定学家，警察曾借助他们的能力破案。他们能从罪犯使用的工具或武器读出一些罪犯本人的情况，有时候甚至能了解很多很多。他们并非不会犯错，但他们中最好的曾有过惊人的成功率。他们抓住一件物品，相关的知识在想象中过电影一般闪过。再说一遍，这种能力据说是我们每个人都具备的潜能，是构成我们身体的神秘电子的功用，困难的不是接收这些信息，而是认出它们——并把它们整合到我们的意识中去。这并不奇怪。我们大部分人对自己所感知的任何事都不敢肯定。不管什么情况下，我们都很难确知自己身上发生了什么。这就是作为一个人，一个长了一个充满有趣的暗示、想法和自我怀疑的大脑的坏处之一。

回到那个流浪汉的例子，我当时意识到了一种强烈的印象，没错，而这意识让我在他走后还困惑了很久。不过我确切地知道了什么呢？如何才能深入我头脑中那紊乱、痛苦的一团乱麻，当看到他走开的时候？

看一个流浪汉走远，即使你在潜意识中背负了他全部的生平，相对时刻在我们身上发生的纷纭事件来说，也是一个微不足道的经验。我们的私人史，以及个人对它的粉饰，分秒不停的生物学意义上的变化，切身的当下，以及我们一切的所知，实际上都在奋力贯通一气，旨在弄明白它们自身在我们个人生活中的意义，弄明白在我们内部和周边发生的是什么，我们到底是什么，会成为什么，我们应该或不应该做什么，还有那些我们很久前经历过的、现下还在我们内部重演的情景，好像时光只有保鲜作用似的，这些情景中到底发生了什么？

所有这些，都是我们的经验。作为最终事实，它们在我们这些特定的肉身测量器上得到了衡量的读数。我一直试图传达这样的看法，即相对于我们对于真正的知识和真正的事实的平常之见，它们是多么无穷无尽、多么广阔。脱离这个经验的内心宇宙而生活，也就是脱离了我们自身，从我们自身和真正的生命自我流放。自从大脑出现巨大的过剩，不管有没有时间，人首要的活动就是通过努力，占有自身的经验，也就是说，重新获得真正的自我。人们发明了宗教，帮助别人获得。但为了帮助自己，他们发明了艺术——音乐、绘画、舞蹈、雕塑，而涵盖所有这些艺术的活动，是诗。

在某个偶然的瞬间，可能性得到了实现，我们找到的词语开启了大脑里许多城堡的大门，表达了一些东西——也许没多少，只是一点，那些纷至沓来、进入我们内心的场景，包括一只乌鸦飞过，一个男人走过的样子，一条街道的样子，多年前的某一天我们所做的事。这些词语将会准确地表达那些深层的，让我们成为我们自己的东西，从气压计的短暂影响，到把人区别于树的力量。我们身体的内部运行着听不到的音乐，推动我们从一个时刻流向下一刻，如河水，河水中雪花的精神。这一切的两重性、相对性和易逝性。它的绝对重要性以及彻底的无意义。当词语在时间驻留的一瞬间把握其中一些东西，而且在那瞬间，把一个人所有的、关键的生命标识——不是原子，不是几何图标，不是堆叠的镜头——而是一个人表达出来，那么，我们就称之为诗。

译后记

特德·休斯是一个强力诗人。西尔维娅·普拉斯回忆和他初见时说："他有着一副堪比上帝的'雷霆之声'。"普拉斯指的应该是休斯作为诗人的声音，而不是他本人生活中的声音。我读过休斯的一些诗歌，还译过他的一首钓鳟鱼的诗，觉得就他最好的那些诗而言，普拉斯的话还真是一点都不夸张。不过我想补充的是，休斯的"雷霆之声"并不是雷霆般横扫一切的意思。他并不是高高在上、居高临下，而是一头扎入人生轰响的漩涡中奋力挣扎，时而没顶，时而冒出头来，精疲力竭，但却没有自暴自弃，在最后的时刻终于伤痕累累地爬上岸，不管输赢，最重要的是活出了无与伦比的现场感。因此，他声音里的高亢完全没有一边倒的倾向，倒是低回的平衡似更多一些，动态范围极为宽阔。

休斯的"雷霆之声"，在这本给孩子们看的小书中，忽然温柔起来，循循善诱，体现了最大限度的耐心。本书脱胎于休斯在英国广播公司（BBC）的广播稿，分别从写作的主题、技巧等方面着手，阐述初学写作的训练步骤。休斯素有“动物诗人”的名声，所以第一章就从如何写小动物开始，一方面迎合小孩子的兴趣，另一方面，突如其来地宣称诗歌写作的本质和捉小动物类似，都是要抓住那个活生生的瞬间。这样的认识既有新奇感，能牢牢抓住孩子的注意力，同时也是不容置疑的诗的洞见，且完全从作者的亲身体验出发，绝无虚妄，既落到实处，让初学者有援手处，也指明了方向，让孩子们有个努力的目标。

接下来几章，休斯分别从如何写风、写天气，如何写人，如何思考，如何写景，如何发挥想象力等切入点，通过例子和练习，让孩子们一步步探索写作的奥秘。另外，休斯也略谈了小说写作，如何开头，如何发展，等等，其实也是其诗学的散文化体现。最后一章是总结，论述词语如何能把握真实的经验而不是遮蔽它。读完本书的人对文学写作会有一个起码的正见，而不会被时下的劣质写作给带偏了，只会堆砌辞藻，言之无物，写来写去，都是套话、假话。真到了抒写自己真情实感的场合，却突然发现需要从零开始，以前的作文训练根本没有培养自己的认知能力。

真情实感是人的本能，但这个本能往往被现实的规则和约束给蒙蔽了，人们和现实之间往往好像隔了一层糖衣，这个和贫富无关，和人的心灵敏感有关。日常语言给真情实感套上了一套社会的编码，或者“欺骗”，轻易无法流露，很多时候甚至也无法被意识到。而文学训练就是要培养人们的敏感，从文学的角度，真情实感是一种能力，并不是所有人都能发展出这种能力，有的人从来没有机缘被真情实感所逼迫，退无可退，从而得到直面生活的艰辛，或生命的美好的表达机会。一味地要去远方，而不会近取诸身，写出来的东西总端着一个架子放不下。好的文学训练让你逐渐接近真实，处理真实，获得一种生命的从容和质感。哪怕写不出传世的名作，也没有白写。更何况，假如你真的能够达到对真实的终极的认识，那么，你的写作不可能不会流传，不可能不获得更广泛的认同。

休斯这本书是给英国的小学生、中学生还有中小学老师看的，从本书所引的诗篇难度来看，英国学生的阅读范围和阅读能力似乎比我们的中小学生要高很多，但我相信，我们基础好、学有余力的学生，如果给予正确的教导，绝对有能力掌握更高级的写作之道。希望这本书给广大的中小学生提供一个学习写作的契机。如果有中小学老师愿意按照书中的训练方法施行并加以改进的话，比如培养思考能力的方法、写景的方法等，且循序渐进，我相信也一定会卓有成效的。

虽然本书的初衷是面向中小学生和老师的，但我觉得大学生，甚至任何年龄段的写作者都可以从中得到启发或者印证。尤其是结合每章后所附的作品来揣摩，对写作的认识会更清晰，更坚定。任何有志于写作的人都能从这本小书中略窥一个强力诗人的写作经验，将其和自己的写作相印证，从而在写作的道路上更进一步。事实上，在目前的阶段，休斯这本书对有经验的写作者可能更有裨益一些，因为在中文世界，似乎很少有这样深入浅出、品位纯正，能够发人深省的诗歌教材。

两年前广西人民出版社的吴小龙把这本书交给我翻译。本来说好是让我女儿翻译，我负责校对，借此培养她对汉语的敏感。她在美国出生长大，上初中了，英语很好，汉语虽然不错，但是汉语写作还是有所欠缺。一开始她的兴致很高，但翻译了引言和第一章之后，终于在我一字一句的推敲之中失去了耐心。无奈之下我只好接手。在翻译过程中却得到了超出预期的愉悦，从休斯所选之诗也能看出他的趣味和眼光，确实有开阔眼界、深化认识之用，受益匪浅。希望本书能在国内找到更广泛的读者和实践者。

译者

2019 年 5 月于上海

桂图登字：202017261

图书在版编目（CIP）数据

诗的锻造：休斯写作教学手册 /（英）特德·休斯著；杨铁军译 .—南宁：广西人民出版社，2019.9
（休斯系列）
ISBN 978-7-219-10819-2

Ⅰ. ①诗…　Ⅱ. ①特…　②杨…　Ⅲ. ①诗歌创作—创作方法　Ⅳ. ① I052

中国版本图书馆 CIP 数据核字（2019）第 060774 号

诗的锻造：休斯写作教学手册
SHI DE DUANZAO：XIUSI XIEZUO JIAOXUE SHOUCE
［英］特德·休斯 / 著　杨铁军 / 译

出 版 人　温六零
执行策划　吴小龙
责任编辑　唐柳娜　许晓琰
责任校对　廖　萍
装帧设计　刘　凛
责任排版　李宗娟
插画来源　保罗·克利画作

出版发行　广西人民出版社
社　　址　广西南宁市桂春路 6 号
邮　　编　530021
印　　刷　恒美印务（广州）有限公司
开　　本　889mm × 1194mm　1 / 32
印　　张　6.5
字　　数　130 千字
版　　次　2019 年 9 月　第 1 版
印　　次　2019 年 9 月　第 1 次印刷
书　　号　ISBN 978-7-219-10819-2
定　　价　48. 80 元